眠れる地図は
海賊の夢を見る

眠《ねむ》れる地《ち》図《ず》は海《かい》賊《ぞく》の夢《ゆめ》を見《み》る

茜《さい》花《か》らら

ILLUSTRATION：香《こう》咲《さき》

眠れる地図は海賊の夢を見る

LYNX ROMANCE

CONTENTS

眠れる地図は
海賊の夢を見る

潮の香りが嫌いだ。

波の音も。

がなりたてるような男たちの声も、遮るもののない灼熱《しゃくねつ》の太陽も、イリスにとっては恐怖でしかない。

物心ついた時から繰り返し見る悪夢は底抜けに明るくて開放的で、それなのにイリスを陰惨とした気持ちにさせる。

——ああ、またあの夢だ。

そう思っても目を覚ますこともできず、イリスは夢の中で押し黙って身を硬く縮めていることしかできない。

助けて、助けて。心の中でくり返しそう願いながら。

息が詰まるような潮の香りに混じって、えづくほどの血の臭《にお》いが鼻をかすめる。

胎児のように体を丸めて鼻と口を覆っていると、やがて助けがやってくるのをイリスは知っている。

この夢はいつもそうだ。

このまま窒息してしまうのじゃないかと思うほどイリスが息を止めていると、その人はやってくる。

「イリス」

その優しい声に顔を上げて、光の中から差し出された手に夢中ですがる。

「怖かっただろ？　もう大丈夫だ」

しがみついた真紅のコートには火薬の匂《にお》いと、潮の香りがする。

あんなに怖かった潮の香りが、その人の強い腕に抱きとめられていれば不思議と落ち着くものになった。

悪夢を繰り返し見るのは耐え難いのに、嫌な夢を見れば必ずその人が助けに来てくれるという安心感があった。

彼がいるから、イリスはいつも一人ぼっちじゃないと思えた。

たとえ夢の中でしか会えない、イリスの空想の人にすぎなくても。

◆　◆　◆

頭上で大きな鐘の音がして、イリスは発条《ぜんまい》仕掛けの人形のように勢いよく飛び起きた。

「うわ、寝坊した！」

正確にはギリギリ寝坊じゃない。

イリスの部屋の真上にある鐘楼堂での鐘の音が止《や》むまでに顔を洗って、食卓につくことができれば叱《しか》られることはない。

でも、イリスが慌てて着替えている間にも鐘の音はたっぷり二回も鳴り響いている。もはや鐘の音というよりもイリスの部屋全体を揺らすかのような轟《ごう》音《おん》だ。

この高台の上から、遥か坂の下の港町全体まで時を告げる鐘の音なのだから仕方がない。

シスターたちはうるさいでしょうと笑うけれど、イリスには慣れたものだ。何しろこの部屋でもう十余年も寝起きしているのだから。

身寄りのないイリスがこの教会に住まわせてもらっているというだけでも感謝しなくてはならないことだし、本当ならイリスが鐘を撞《つ》くべきだと思っている。

学校に通わせてもらっている間は休むのも子供の仕事のうちだと言われて断られてしまったし、今は仕事で疲れているのだからとなかなか撞かせてもらえないが。

――といっても、鐘の音で目を覚ますくらいじゃ撞かせてもらえないのも当然だ。

イリスは褪《あ》せたような銀色の髪を後ろで一つに結んで、慌ただしく部屋を飛び出した。

「イリス、おはよう」

螺旋状の階段を駆け下りると、既にシスターがバゲットを乗せた籠《かご》を持って食堂に向かうところだった。

「おはよう、シスターメアリ。すぐに顔を洗って手伝います」

「そんなにバタバタと走り回らないで。はしたないですよ」

「はぁい」

イリスが間延びした返事をすると、シスターメアリのため息混じりの笑い声が聞こえた。

イリスはもう、この教会に引き取られた時のような幼い小さな子供じゃない。それでも年長者のシスターが多いこの協会ではイリスはまだ子供のようなものだ。

いくら両親が早逝したとはいえもう充分一人で暮らしていけるほどの年齢になったイリスがいまだに教会で暮らしているというのも、この古びた協会にいるシスターが年長者ばかりだからだ。イリスにとってはありがたいことだけれど。

教会の裏手に出て、井戸の水を汲《く》み上げると慌ただしく顔を洗う。

井戸の水はキンと冷たく冷えていて、イリスは震え上がった。

井戸を囲むように生い茂った落葉樹の色はすっかり抜け落ち、初冬を告げている。

乾いた柔らかい布で顔を拭《ぬぐ》うと、イリスは冷たくなった自身の頬《ほお》を掌《てのひら》で押さえながら見晴らしのいい高台から臨む港を眺めた。

海は凪《な》いでいる。

遠くから聞こえる波の音で悪夢を見たというわけでもなさそうだ。

嵐《あらし》の多い季節なんかは教会まで波の音や、商船の汽笛が聞こえてきて毎夜あの苦しい夢に魘《うな》されるものだけれど。こんな穏やかな日に見るなんて珍しい。

風は冷たいものの空気は澄み切って、空には雲一つない。日中は暖かくなるかもしれない。

イリスは赤くなった鼻の先を指先で少し擦《こす》って、大きく深呼吸した。

微かに潮の香りがする。

相変わらず潮の香りは嫌いだけれど、夢の中の彼に会えた日はそんなに悪くもないような気になった。

我ながら現金なものだ。

「イリス、医師《せんせい》がいらしてますよ」

悪夢を見たわりに穏やかな気持ちでイリスが首を竦《すく》めた時、庭の向こうからシスターの高い声が聞こえた。

「はい、今行きます！」

寝坊したことをすっかり忘れていた。このままでは朝の礼拝にも間に合わないかもしれない。

イリスは慌てて井戸の桶《おけ》を戻して、急いで踵《きびす》を返した。

イリスの仕事は、高台にある協会の隣の診療所の手伝いだ。

教会と同じくらい古い診療所で、医師も腰が曲がっている。

町の人には「先生が医者にかかったほうがいい」なんて笑われているけれど、経験豊富なだけあって腕は確かで、この間なんて落馬した軍人に外科手術を施したらしい。

小さい頃から血が苦手なイリスにはそのお手伝いをすることは叶《かな》わなかったけれど。

おじいさん先生に憧《あこが》れて自分も医者になるなんて昔は思っていたものの、クラスの友達がちょっと切り傷を作っただけで震え上がってしまうイリスには夢のまた夢だ。

外科手術をできる医者なんてこの小さな港町にそう多くはない。手術ができなくても医者にはなれるよと励まされても、簡単な怪我《けが》に包帯を巻くこともできないのでは話にならない。

イリスにできることと言えばカルテの整理や診療所の受付、おじいさん先生の足腰では届けられない患者の家への薬の配達くらいのものだ。

それでもこの町では立派に生活していける。

「イリス、薬の配達か？」

その日は、町が妙に活気づいてあちこちの酒場が賑《にぎ》わっていた。

案の定日中は太陽に暖かく照らされて気温が上がり、港で船の荷降ろしの仕事をしている友人なんかは腕まくりをして額に汗を浮かべていた。

「うん。……今日はずいぶん人出が多いね。海軍でも来てるの？」

昼間は開いていないという酒場も人が溢《あふ》れかえっているし、港にはいくつも立派な船が停泊している。

港町に住んでいながら海が苦手なイリスは好きこのんで船着き場に近寄ろうとはしないけれど、脚気を患っている元漁師のおじいさんの家に行くためにはここを通るしかない。

酒の匂いと潮の香りが入り混じってイリスに襲いかかってくるようで、さすがに気持ちが塞《ふさ》ぐ。

イリスが教会を離れられない理由はこれもある。一人で暮らそうと思えば高台を降りて家を借りる必要があるけれど、町に降りるとどうしても一年中潮風にさらされて暮らすことになる。薬を届けに行くまでのたった数十分でさえこの匂いを嗅《か》いでいたくないというくらいなのに、そんな生活イリスには耐えられそうにもない。

イリスの海嫌いはおじいさん先生のお墨付きだ。精神的なものが原因だから無理強いはできないと診断をくだされて、今も教会に住まわせてもらうことができている。

「その逆だよ」

港町の男らしく浅黒く焼けた肌を惜しみなく露出した友人が、大きく声をあげて笑った。

「海賊船が来てるんだ」

「！」

露骨に顔を顰《しか》めてしまったのだろう。イリスが息を呑《の》むと、友人がしまったというように口を押さえた。

イリスの海賊嫌いは、この港町じゃちょっと有名だった。

なにしろ多くのドックをもつこの港は古くから私《し》掠船《りゃくせん》が立ち寄ることで栄えてきた。

今となっては私掠船なんて名ばかりで、敵も味方もない私利私欲のためだけに強盗行為を行う海の盗賊そのものだけれど。

それでも酒場はたまの陸地に上がってきた海賊の飲食で潤い、海では紙幣やコインなどないからと言って大きな宝石を置いていく海賊もいるという。漁師なんかよりずっと金払いのいい海賊に女たちも黄色い声をあげる。

海賊が嫌いな人間なんてこの町にはいない。

荒くれものの海賊に憧れて漁師から海賊になるという者もいるというのだから、イリスには理解できない。

定期的に見廻《みまわ》りと補給を兼ねて寄港する海軍も、どうにも頼りない。

私掠船としての免状を持っている海賊には強く言えないいんだと苦笑するばかりで、実際のところは彼らの手には負えないってことなんだろう。

海も、海賊も嫌いだ。

イリスが教会を出なければならなくなるとしたら故郷を捨てる時だろうと思っている。

——それでも、両親の墓があるこの町を出ていきたいとは思っていないけれど。

「さ、……さーて、忙しい忙しい！　仕事仕事っと……。イリスも配達、頑張れよ！」

ぎこちなく引《ひ》き攣《つ》った笑みを浮かべた友人が、たくましい腕をぐるぐると回しながらそそくさと立ち去っていく。

べつに、海賊が嫌いだからってその荷降ろしで賃金を得ている友人を軽蔑《けいべつ》するようなことはしない。

誰の船でも分け隔てなく荷降ろしを手伝うのだから、立派な仕事だ。

それに海賊の手助けをしているから嫌だなんて言っていたらこの町の人間全員が許せなくなってしまう。

イリスが今朝も美味《おい》しいパンを食べられたのだって、海賊のおかげで得られる経済で小麦を輸入できているからだ。

ミルクだって、スープだってそうだ。イリスみたいな孤児が安穏と暮らしていけるのはこの町が豊かだから。この大きな海を隔てたどこかの外国では、奴隷として売り買いされている子供だっているっていうのに。

イリスは二隻の大きな帆船が停泊した港より向こうの、大海原を眺めて小さくため息を吐《つ》いた。

イリスがどんなに海賊を嫌っていても、間接的に海賊に生かされているようなものだ。好きでこんな港町に生まれついたわけではないけれど。

もっとどこか別の都市にでも生まれていたら本物の海賊を見てみたいと思ったりもしたのだろうか。優しい両親に囲まれて、海に憧れさえ抱いたかもしれない。

「さて、僕も仕事仕事っと」

海賊の寄港に湧《わ》く町の喧騒《けんそう》を振り払うように、イリスは薬の詰まった麻の袋を抱え直した。

今日は昼までに三件ほども回らなければならない。

教会で寝起きしているイリスが薬を配達すると、ついでにお祈りもしてほしいというご老人もたまにいるので、薬を置いてお代を回収し駆け足で戻れるというわけでもない。

僕はただの信者で、お祈りなんてしても何の効果もありませんよと何度断っても「それでもいいから」と言われるし、患者さんの気がそれで済むのだからとおじいちゃん先生もシスターさえも笑っているのだから仕方ない。

中にはイリスの銀色の長い髪が天使様のようだと言い出す患者さんもいるのだから、困ってしまう。

とてもそんな器ではないのだけれど、それで患者さんが満足してくれるなら、それも仕事のうちなのだろう。

イリスにとって仕事は、ただ生きる糧を得るためだけのものじゃない。奉仕の精神といえば少し大袈裟《おおげ》裟《さ》だけれど、人を幸せにすること、それが自分の使命のように思っているところがある。

きっとこの酒場街の店員も、荷降ろしをしている友人も、みんなそうだ。

どうして自分が生まれついたのか——両親を亡くしたイリスがどうしてただ一人生き残っているのか、何故自分だけがと幼い頃はよく泣いてシスターに詰め寄ったりもした。

あなたが誰かに望まれているからこの世に残っているのだと、シスターはイリスの小さな背中を撫《な》でながらそう答えてくれた。

誰かというのがいったい誰なのか、それはあなたが神の身許《みもと》で人に尽くしていれば自《おの》ずとわかってくるでしょうと。

だから、イリスは診療所で働いているのかもしれない。


「すみません、通ります。……すみません」

朝のうちから酒の匂いをぷんぷんさせた、見るからにこの町の住人ではない男たちの群れをすり抜けながら足早に患者さんの自宅へと向かう。

どの男からも酒の匂いと一緒に潮の香りが漂ってきて、眩暈《めまい》を起こしそうだ。

早く配達を終えて診療所に戻って、冷たい水の一杯でも飲みたい。

知らず息を止めて薬の袋に顔を埋めるようにして背中を丸めながら酒場の前を抜けようとすると、不意に大きな影がイリスの行く手を遮った。

「あ、すみません」

顔を上げて、男を避《よ》けようと脇《わき》に足を踏み出す。すると男も同じ方向に体をずらした。

男は、鼻先を赤くして酒臭い息を吐きながら笑っている。その四角い顔には輪郭を覆うように髭《ひげ》が生えていて、腰に片手剣《カトラス》も提げている。

――海賊だ。

「よう、嬢ちゃん。そんなに急いでどこ行こうってんだ？　酌してくれよ、酌」

真鍮《しんちゅう》製のジョッキをイリスに掲げて見せながら、酔っ払った海賊ががなるような声で言う。

自分の後ろに誰かいるのかと念のため振り返ってみたけれど、たくさん人がいすぎてわからない。いつもよりもシャツのボタンを多めに開けている酒場の女は酒を運ぶのと愛想を振りまくのに忙しそうだ。

「お頭《かしら》ァ、そいつ男っすよ、男！　そんな貧弱な女いませんて！」

そばで木の箱に腰掛けていた痩《や》せぎすの男が耳をつんざくような声で笑う。そちらもカトラスを着けている。

イリスは詰めていた息を大きく吐き出すと、相手にしないようにして大きく迂回《うかい》することに決めた。

といっても酒場の前は客で溢れかえっていて、ちょっとした祭りのようだ。どこをどうしたって海賊の脇を通っていかなければならない。イリスは踵を返して、比較的通り道のありそうな路地寄りに向かおうとした。

「待てって言ってんだよ」

言われた覚えはない。

そう言い返してやろうとした矢先、大きな手で肩を摑《つか》まれてイリスは大きく身を震わせた。

「ヒャハ、そんな怯《おび》えんなって！　ただ酌してくれっつってるだけだ」

どうして海賊というのはこんなに声が大きいのだろう。

たしかにあたりは騒がしくて、大きな声を出さなければ会話もままならないかもしれない。だけどそもそも客の全員が少しずつ声を抑えれば静かに過ごせるんじゃないのか。

「酌してもらいたいなら店員を呼んだらいい。僕は酒場の従業員じゃないんだ。離してもらえませんか」

肩にかかった分厚い手を振り払う。

潮の香りがつきそうで触りたくもなかったけれど、そうも言っていられない。誰だって、失礼な人間に不躾《ぶしつけ》に触られるのは嫌なものだ。

「いいじゃねえか酌くらい」

「お頭が酌してくれっつってんだ、サービスによっちゃチップも弾むからよ」

「男のサービスなんているかよ」

気付いた時には、周囲をこの海賊団の面々に囲まれていたらしい。

酒場の従業員はこちらの様子を心配そうに窺《うかが》っていたけれど、それは海賊嫌いのイリスを心配してくれているのかあるいは上客の機嫌を損ねないで済むか気にしているだけかもしれない。

酒に酔った海賊は金払いもいいけれど、トラブルの種にもなりかねない。

だから、海賊は嫌いだ。

「それは僕の仕事じゃない。他を当たってくれ。じゃあ、急いでるので」

屈強な男たちから浴びせかけられる揶揄《やゆ》の視線に耐え難くなって、イリスは薬の入った麻袋をきつく抱き直すと顔を伏せて人垣を突破しようとした。

「待てって、オジョーチャン」

面白《おもしろ》いおもちゃでも見つけたように笑いながらイリスの前を遮る男を押しのけて、無理やり進もうとする。しかし背後から腕を掴まれると、麻袋が落ちた。

「！」

「なんだ、これ」

　息を呑んで振り返った時には、それは既にお頭と呼ばれる海賊団の首領の手に拾い上げられていた。

「返せよ。それは患者さんの大事な薬が入ってるんだ。あなたたちには必要ないものだろう」

　六フィート以上ありそうな大男が麻袋を頭上に振り上げると、イリスには背伸びをしても手が届かない。

　毅然《きぜん》とした態度を保ちながら、正当な権利として腕を突き出す。

　薬はそう高級なものではないし、まして海賊が好むような金目のものじゃない。長い航海の間には薬が必要になることもあるだろうけれど、こういう輩《やから》は政府から薬の掠奪まで行っていると聞くから、イリスから奪う必要もない。

　ただイリスをからかいたいだけだ。

　イリスが大事そうに抱えていたから、取り上げて笑いものにしたいんだろう。そう思うとムカムカと腸《はらわた》が煮えくりたってくる。ただでさえも潮と酒の匂いで気分が悪いのに。

「なんだ、お前医者なのか？　あーイタタタ、そういや俺最近腹が痛くてよ。診てくれよ、オジョーチャン」

　わざとらしく大袈裟に顔を歪《ゆが》めて腹を押さえた首領が、薬の入った麻袋を別の男に放ってイリスを手招く。

「悪いのは腹ではなく目の方では？　生憎《あいにく》、僕は医者じゃない。自国の診療所にでもどうぞ」

　イリスは鼻を鳴らしてそれを無視すると、麻袋を受け取った男に腕を伸ばした。男は麻袋を高く放り投げ、また別の男へ。

　まるで子供の虐《いじ》めだ。

構っていたら日が暮れてしまうかもしれない。いっそこのまま診療所に戻って経緯を話し、新しく薬を持ってきたほうがいい。このまま麻袋を返せとやっていれば海賊たちの格好のおもちゃだ。

イリスは大きくため息を吐くと薬を追うのをやめて、踵を返した。

くだらない。

海に長くいると知能が著しく低下するのか、それとも腕力に恵まれてはいても頭の出来が悪いから海賊になるしかなかったのだろうか。

まともに取り合うような相手じゃない。

イリスが引き返そうとすると、背後に立っていた同じ海賊団の男たちがまたご丁寧に道を塞いでくる。

一体何人規模の海賊団なのか知らないけれど、港に停泊している船の大きさを見る限りそれなりの組織なんだろう。この人垣を無理やり抜けたところで、無事高台まで戻れるのだろうか。

ふと胸に不安が過ぎって、イリスは唇を噛《か》んだ。

海賊たちは港に資材の調達と束《つか》の間《ま》の休息、そして娯楽を求めてやってくる。

イリスをからかうのも、彼らにとっては大した意味などない。ただの遊びなんだろう。だけどイリスにとっては胸の中が真っ黒に塗り潰されるくらいの嫌悪を覚えることなのに。

人を恨んではダメだとシスターは教えてくれるけれど、海賊に対する憎悪だけはどうしても治らない。

「薬はくれてやるよ。だからそこを退《ど》け」

思わず睨《にら》みつけて前に立ち塞がった男の脇へ肩をねじ込もうとする。当然、あっけなく体を押し返されて、イリスは酒場の前の砂利を敷いた道路に転げそうになった。

「おっと」

それを支えてくれた男もまた、海賊だ。

慌てて身を離そうとすると、乱暴に腕を摑まれた。

「お前本当に男かよ？　こんなひ弱な腕しやがって」

腕を振り払おうとしても、高笑いする男の指はイリスの細腕に食い込むようだ。

海賊に比べたらそれはイリスなんて棒きれのような腕かもしれないけれど、それでも教会では力仕事といえばイリスが役に立つのだ。こんなことで怪我なんてしていたら馬鹿みたいだ。

「うるさいな、酌をしろというならしてやるから早く僕を解放してくれないか。男に酌なんかされて喜ぶ変態は誰だ？」

周囲を海賊に囲まれた不安を振り払うように怒声をあげると、どっと男たちが笑った。

「変態だと？　俺たち船乗りが長い航海中、どうやって欲を発散させてるか教えてやろうか」

太い首をぐるりと回した首領が、捉《とら》えられたイリスにゆっくりと歩み寄ってくる。その表情にはさっきまでの揶揄の色はなく、下卑《げび》た笑みが浮かんでいた。

周囲の喧騒がイリスの耳から遠ざかっていく。速くなっていく自分の心音と、血の気が引いていく音に掻《か》き消されて。

強張《こわば》りそうになる体を無理に動かしてもう一度腕を振り払おうと試みたけれど、とても振り払える力じゃない。骨が軋《きし》むような力だ。

「船には男しか乗せねえ。それは海賊の掟《おきて》だ。――もうわかるよな？　男のケツで性欲満たしてんだよ」

周囲で忍び笑いが聞こえる。

彼らの品のない冗談なんだろう。笑えないなと呆《あき》れて見せればいいだけだ。それなのに、イリスの頬は引き攣って、呼吸も思うようにできない。近付いてくる首領の威圧感で。

「お前も俺たちの船に積み込んで、ぼろぼろになるまで犯してやろうか？」

たちの悪い冗談だ。冗談に決まってる。冗談じゃなきゃ困る。

小刻みに震える唇をやっとの思いで開いても、イリスは声をあげることもできずに膝《ひざ》を震わせた。

そうしているうちにも首領はイリスの目の前に立って、品定めするように頭の天辺からつま先まで視線を走らせてからゆっくりと腕を伸ばしてきた。

「――……！」

身を竦め、目をぎゅっと瞑《つぶ》る。

これは夢だ。いつもの悪い夢だ。祈るような気持ちでそう考えた時、不意に喧騒を割る間延びした声が耳に飛び込んできた。

「あ、あったあった。ドクター、こんなところで油売ってたのか」

若い男の声。

騒がしい酒場の前で、何故だかその声はまっすぐイリスに向かって響いてきて、気がつくとイリスは顔を上げていた。

目の前に伸ばされた首領の手はあと少しでイリスの顎《あご》を摑むところだったけれど、その声を振り返ったせいで止まってしまっている。

「早く薬持ってきてもらわないと、出港に間に合わないだろ」

目の前の首領が声の主をゆっくりと振り返ると、ようやくその大きな図体の影に隠れて見えずにいた男の姿が明らかになった。

――見覚えのない、長身の男だ。

燃えるような赤い髪色をして、金糸の肩章がついたこれもまた真紅のオーバーコートを肩に羽織っている。

確かめるまでもなく、この男も一目で海賊だとわかった。

その右目を覆ったアイパッチに髑髏《どくろ》のマーク——ジョリー・ロジャーが描かれていたからだ。

「は……？」

海賊に知り合いなんていない。ドクターと呼ばれる筋合いもないし、赤い髪をした男が掲げている麻袋はイリスのものに違いないが、それは患者のものだ。海賊の積み荷じゃない。

イリスを取り囲んだ海賊同様、イリスもぽかんと口を開いて目を大きく瞬《また》かせた。

「何してんだ？　おい、ドクターの腕を離せよ。礼儀を知らないやつらだな」

赤髪の男はオーバーコートの裾《すそ》を颯爽《さっそう》となびかせながらまっすぐイリスのもとへと歩み寄ってくると、片腕で彼の何倍の大きさはあろうかという首領を退けてイリスの肩を抱き寄せた。

潮の香りがする。だけど、酒の匂いはしない。それどころか女の付ける香水のような花の香りがふわりと漂ってくる。海の上に花は咲かないだろうに、何故だかそれに違和感がない。

まるで宮廷用のような仕立ての良いパンツに金の飾り帯をつけるという、男の派手な出で立《た》ちのせいで嗅覚《きゅうかく》まで戸惑ってしまっているのかもしれない。

「……ハル？」

あっけにとられていた海賊団の中から、誰ともなくつぶやきが漏れた。

「ハル・スペクターじゃないか？」

今度ははっきりと確信を含んだ声が聞こえて、イリスは傍らの赤髪を仰いだ。

ハルと呼ばれた男はいかにもというように不遜《ふそん》に

口端を引き上げて笑っている。名前が知られているほどには有名な海賊なのだろうか。

イリスをからかった荒くれ者たちと違って服装は派手だし熊《くま》のように毛むくじゃらでないし、イリスを匿《かくま》った腕は筋肉質だけれど太くはない。

海の男といえばもっと丸太みたいな手足をしているのが普通だと思っていたのに。

「亡霊船のキャプテンが医者だと？」

突然の乱入で静まり返った海賊団の面々が、またどっと笑い声で沸いた。

「……亡霊船？」

縁起の悪い言葉に眉《まゆ》を顰《ひそ》めたイリスがつぶやくと、赤髪の男はそれを見下ろしておどけた様子で首を竦めた。

否定する気はないらしい。

「お前の船に薬が必要なやつなんかいるかよ。どうせ奴隷あがりの使い捨てのクルーしかいないくせに」

笑わせるな、と膝を打って笑う海賊の揶揄に赤髪の男がピクリと反応したのを、イリスだけが感じ取った。

否応《いやおう》なしに寄せられた体が少し、熱くなったようだ。

怒ったのかと思いきや見上げた顔はにこやかなままだ。

「オジョーチャン、ハルなんかに薬を渡しても代金踏み倒されるのがオチだ、おとなしくコッチに来いよ」

イリスをもののように奪い返そうとして海賊が腕を伸ばしてくる。本気じゃなく、冗談みたいな緩慢な動きだ。それでもイリスが嫌悪感をあらわにして体を強張らせると、ハルがイリスを自分の背中に回して庇《かば》った。

反射的に、そのオーバーコートの背中を握りしめてしがみつく。

丁寧に手入れされているらしいベルベット仕立てのオーバーコートは手触りもよく、とても亡霊船なんて言葉は似合わない。

「まああたしかにお前らのそのツラじゃ、宝石を二十五ポンド積み上げたって美人には相手にされねえだろうからな」

首領がぐっと喉《のど》を詰まらせるのと、成り行きを窺っていた酒場の女性従業員が笑い声をあげたのはほとんど同時だった。

海賊は金払いがいいから歓迎だけれど、金を払わずにトラブルだけ起こすならお断りだというのは酒場としても本心なんだろう。あちこちで乾杯の声があがると、ハルはそれに手を掲げてスマートに応《こた》えた。

「てめえ、言わせておけば……！」

怒りか悔しさか、顔を真っ赤に染めた首領が腰のカトラスに手をかける。イリスがびくりと肩を震わせると、不意にコートを摑んだ手を後ろ手に摑まれた。

「逃げろ！」

首領がカトラスを抜いた瞬間、ハルが叫んだ。

イリスは声をあげる間もなく腕を引かれるまま走り出した。行く手を阻む海賊たちをハルが軽々と押し退けて酒場がぐんぐんと遠ざかっていく。

「っ、ちょ……！　ちょ、っと、まっ……！」

背後に男たちの怒号と、食い逃げを危惧《きぐ》した酒場の喧騒が追ってくる。

ハルがスピードを上げてそれを振り払おうとすると、イリスは足を縺《もつ》れさせて握った手にすがりついた。

こんなに全速力で走ったことはない。むしろ、ハルの速度はイリスの全速を遥かに超えている。

「ああ、悪い」

ほとんど引きずられるようについていくのが精一杯になっているイリスにようやく気付いたハルが突然足を止めると、背中にしたたか顔をぶつけてしまった。

文句を言いたくても、息が上がって目眩《めまい》がする。

極度の緊張から解き放たれたかと思うと急に脚力を酷使されて、もう立っていることすらできない。この場にへたり込んでもう放っておいてほしいと言いたいところだ。

「ハル！　てめえ！」

しかし海賊は群れをなして追いかけてくるし、どうしていいかわからない。

息を弾ませるイリスの肩に、ハルの手が触れた。

あの窮地から連れ出してくれたことには感謝しかない。しかしイリス一人ならばあそこまで海賊団を怒らせることはなかったかもしれないし——もっとも、怒らせない代わりに酷《ひど》い目に遭わされていたかもしれないけれど——なにより、彼の真っ赤な髪は目立ってしまう。

「あのさ、二手に——」

別れたほうがお互い逃げ切れるのじゃないか。

そう提案しようとした矢先、視界がぐるんと回ってイリスは思わず悲鳴をあげた。

足が地を離れ、体が宙に浮く。

「よっしゃ、逃げよう」

何故だか楽しげに声を弾ませたハルの腕の中に抱きかかえられて、イリスは呼吸も忘れて目を瞬かせた。

「……っちょ、バ……バカじゃないの！　おろ、降ろせ……っ！」

「いや、この方が効率いいだろ。お前今捕まったらあの海賊団の慰みものだぞ？　さすがにあの人数相手にするのは骨が折れるだろ」

骨が折れるとか、そういう問題じゃない。

男たちの慰みものにされるなんて考えただけでゾッとする。

背中に悪寒が走ってぶるっと身を震わせたイリスがハルのシャツを摑むと、走るスピードが上がった。

風が頬を痛いくらい鋭く切って流れ、ぐんぐんと港が遠ざかっていく。途中すれ違った船乗りが「ハルだ」とこちらを指差しているのがわかったけれど、その姿も一瞬あとには遠くに消え去っている。

まるで汽車みたいに早い。

「なあ、俺この町は十年ぶりで土地勘がないんだ。お前が案内してくれるとありがたいんだけど」


こんなに早く走っているのに息も切らすことなく、相変わらずなんだか楽しそうだ。

走るたびに腰に下げたカトラスがカチャカチャと音をたてているのが気になるけれど、不思議と嫌な気持ちがしない。

「ええと――……じゃあ、次の角を右。それから、突き当たったら坂の上の方に――赤い屋根の家が見えてきたら、そこで降ろして」

「お前の家か？」

「いや、配達先」

せっかくだから、このまま薬の配達をさせてもらえば一石二鳥だ。

この速度ならあっという間に配達を終えて、昼には診療所に戻るという目的を果たせるだろう。

どうせ、逃げるあてもない。

すっかり姿が見えなくなった海賊団が追うことを

諦《あきら》めたのかそれともまだイリスを探しているのかもわからない。それに、患者さんに薬を届けることはイリスがなんとしても果たさなければいけない使命だ。

なんだとと怒られて放り出されたらそれまでだと思っていたのだけれど、胸にしがみついたまま虚勢を張ってしれとしているイリスの顔を驚いたように見下ろすと、ハルはぶはっと勢いよく笑いだした。

「俺は運搬係か」

「助けてもらったことは本当にありがたいと思ってるよ。僕一人じゃあの場から逃げ出せなかっただろうし。……ちょっとスカッとしたし」

内心、ハルが笑ってくれてホッとした。

彼だって海賊なのだから怒らせたらそのカトラスであっけなく切り捨てられることだって考えられる。

だけどハルはイリスの言う通り道を曲がり、石畳の坂をハルを抱えたまま軽々と登っていく。

「お前、しばらくは町に出るなよ。少なくともあのデカい船が沖に出るまで」

「そうする。……あんたは?」

「俺はあんな奴らの怒りを買ったところで何でもない。仲間もいるしな」

亡霊船の、奴隷あがりのクルー――と、彼らは言っていた。

海賊の噂話さえ聞きたくなくて耳を塞いでいたイリスには、スペクター・ハル《亡霊船の》というのがどれだけ有名な海賊なのか知らない。

港には船が二隻停泊していたから、そのどちらかがハルの船ということなのだろう。

「ほい、到着。配達はまだ何軒もあるのか?」

赤い屋根の家の前まで来るとようやくイリスは地面に下ろされ、ハルが持ったままだった麻袋もしっかりと手の中に戻ってきた。

なんだか、嘘《うそ》みたいだ。

あの状況から逃げることができたとして、薬は再度診療所に取りに行かないといけないだろうとすっかり諦めていたのに。

「あの、本当に……ありがとう。配達はここともあと三軒くらいあるけど――」

「そうか、じゃあ、とっとと済ませるぞ」

ぐるりと腕を回したハルが、なんてことのないように言って家の戸を叩き始める。

ごめんくださーいと間延びした声をあげる後ろ姿は、とてもじゃないがイリスの知っているような海賊のそれじゃない。

「え？　あ、いや――べつにあんたに付き合ってもらわなくても、あの、助けてもらっただけで十分だから」

「何言ってんだ、お前が町をフラフラしてたらまたあいつらに見つかるぞ」

「やっぱり、……そうかな」

「当たり前だ」

何を言ってるんだと呆れ顔のハルが再度扉を叩こうと家に向き直った時、患者の細君が伸びやかな声で返事をしながらようやく戸を開けた。

この家の老夫婦はどちらも少し耳が遠くなっていて、イリスもいつも戸を開けてもらうまで苦労する。今日は早いくらいだ。ハルの声が大きかったせいかもしれない。

「あらあら、どちら様？」

腰の曲がった細君が、戸を開けるなり目に飛び込んできた派手な髪色の男に驚いて声をあげた。

驚いたとは言え、穏やかな老婦人だ。どこかおっとりとして、アイパッチをつけたハルの顔を仰いでいる。

「あ、すみませ——」

「毎度ご贔屓《ひいき》にどうも！　ドクターが薬のお届けにあがりました！」

「いや、だから僕はドクターじゃないったら」

調子のいいハルの声に遮られて呆れながらも、イリスはなんだか笑ってしまった。

どこからどう見たって海賊という風貌《ふうぼう》のこの男が、まるで「ドクター」の小間使いのような真似《まね》をしているのがおかしくて。

細君も最初は面食らったようだけれど、何かのまごとだとでも思ったのか声もなく小さく笑った。

「今日はずいぶんと賑やかな配達なのね。いつもありがとう、イリス」

上品に口元を手で隠して笑う細君に、苦笑を浮かべて見せながらいつもの薬を渡す。すぐに代金を取りに踵を返してしまった細君の背中を眺めていると、ふと傍らの視線に気付いた。

「……なに？」

ハルが、片方だけあらわになった左目を丸くしてイリスを見下ろし言葉をなくしている。

さっきの海賊たちのような不躾な視線ではないけれど、気分のいいものじゃない。

「お前、……イリスっていうのか？」

そういえば、助けてもらったというのに名前も名乗っていないことに気付いてイリスはハッとした。顔が熱くなってくる。ハルの視線を不躾だなどと思っていたことが伝わっていないといいと思いながら、あわてて姿勢を正し、向き直る。

「ごめん、名乗るのが遅れたけど、僕は——」

「もしかして父親は、サミュエルか？　サミュエル・ジュエル？」

居住まいを正した肩を思い切り摑まれ、イリスはびくんと過敏に体を震わせた。

どうして父の名前が出てくるのか、考えるよりも先に全身に鳥肌が立つ。

そもそも幼い頃に亡くした両親の顔も覚えていないし、母はこの町で暮らしていた気立ての良い女性だったと聞いているけれど、父の話は誰もしてくれないから。

父がいたのかどうかさえ、イリスは墓碑銘でしか知らない。

イリスが知っているのはただ――両親は海賊に殺されたということだけだ。

「父、を……知ってるんですか」

この時初めて、ハルもイリスの大嫌いな海賊なんだということを意識して胸の中が苦くなった。

それでも助けてもらったことは事実なのに、海賊に助けられるくらいなら舌でも噛んで死んだほうがマシだという気持ちになっていく。そう思う自分の狭量さが嫌になる。

声が沈み、視線を伏せたイリスの様子に気付いたように、ハルがあわてて肩を摑んだ手を離した。

「イリス、――……本当にイリスか？　そうか、そう……もう、そんなに経《た》つのか」

独り言のようなハルの言葉に、背筋がざわっと怖《おぞ》気《け》がたつ。

理由なんてわからない。ただもうこれ以上ハルと一緒にいたくなくて、イリスは弾《はじ》かれたように踵を返した。

「っ、?!　おい、イリス！」

ハルの驚いた声と、戸口まで代金を持ってきたのだろう細君の声が背後から聞こえる。だけど振り返ろうとは思わなかった。

教会へ帰ろう。

薬の配達の途中だけれど、とてもこのまま町にはいられない。海賊なんかと関わったからこんなに気持ちが掻き乱されるんだ。

胸の奥にしまいこんだ黒い気持ちがグラグラと重い蓋《ふた》を押し上げてきそうで、おそろしい。

イリスは坂を駆け上がった息苦しさにシャツの胸をぎゅっと押さえて、歯を食いしばった。

「おい、イリス」

と、ふいに隣でハルの間延びした声がして思わず悲鳴をあげそうになった。

「な、……っなに」

当然だ。

ハルの足がひどく早いことは、さっき身をもって体験したばかりだった。いくらイリスが全力で走ったって、ハルをちぎってしまうことなどできない。

ただでさえ息を切らしたイリスは、驚きで心臓が止まりそうになると坂の途中で急停止した。ハルが数フィート先まで行き過ぎてから、ゆっくりこちらに戻ってくる。

「ほら、薬の代金。突然走っていくからマダムが驚いてたぞ」

「あ、り……がと、う」

一度ハルも海賊だと思うと——そしてイリスの父親を知っているのかと思うと、お礼すら素直に言えない。

シスターがこんな姿を見たらきっと悲しく思うだろう。

孤児になったイリスを十四年間育ててくれたのは、教会のシスターたちだ。

「それでな、イリス」

深くうつむいてハルが持ってきてくれた薬の代金

を握りしめていると、優しく、子供をあやすような声が降ってきた。

海賊といえばとにかく声が大きく、乱暴で利己的な男たちばかりだと思っていた。

ハルも海賊だけれど、こんな声も出せるのか。

父親のことに触れたことを詫《わ》びられるのだろうかと一瞬期待を過《よ》ぎらせて、イリスは思わず顔を上げた。

「俺は、お前をさらうことにした」

仰いだハルは、朗らかに笑っていた。

「……は？」

あっけにとられたイリスを、ハルが再び——まるで荷物のように、軽々と抱きかかえる。

さらう？

僕を。

あまりにも想定外の展開にイリスが目を瞬かせていると、ハルはまたのぼってきた坂を駆け下り始めた。

「……っ、ちょ……！　待っ、た——助けてくれたんじゃなかったのか?!」

一拍遅れて、イリスは声を張り上げながら手足を夢中でばたつかせた。

ハルの手が滑って坂道を転げ落とされてもかまわない。

さらうなんてただの冗談だろうという希望が、ハルの軽薄な口調からはまだ感じ取れる。

しかしイリスがどんなに暴れても、ハルはびくともしない。一直線に、港へと駆けていく。イリスを助けた時とまったく同じ、風のような速さで。

「助けただろ？　ああ、それとも配達終わらせてからにするか？」

「ああ、配達——……って、そうじゃなくて！」

たしかに配達は大事だ。

だけど、配達が済んだらさらってもいいよだなんていう人間はいない。しかし、配達途中で逃げ出す機会はあるだろうか。

いや、ハルのことだから抱きかかえたまま配達を終えるくらいなんてことはないし、逃げ出しても結局追いつかれてしまう。

「なんで僕なんかさらおうとするんだ！」

長い足で、真紅のオーバーコートを翻しながら飛ぶように駆けていく海賊の姿を、町の子供たちが指さして見ている。

自分が今さらわれそうになってるんだと主張するために大きな声をあげるが、ハルはその口を塞ごうともしない。海賊の自分を止められる住民なんていないと驕《おご》ってるんだろうか。

「ほら、うちのヴァルハラ号に船医はいないし――」

「知らないよ！　それに、僕はドクターなんかじゃないったら！」

「それに、俺にはお前の体が必要なんだ。イリス」

大きく口を開けて笑っていたかと思うと急に声を低くしたハルが日に透ける金色の目を細めた時――気がつくとあたりは大勢の海賊がうろつく、波止場だった。

ようやく地面に下ろされると、自分でも情けないことに腰が抜けている。

なにしろさっき絡まれた海賊たちはこちらを忌々しげに睨んでいて、もし今ハルから逃げ出すことができたとしても、今度は彼らの餌食《えじき》になるだけだ。

「僕の……体？」

その場にしゃがみ込みそうになったイリスを、ハルが支えるように抱きとめる。

周囲から浴びせられる剣呑《けんのん》な視線に、ハルを振り払うこともできない。きっとこれがハルの計画だったのだろう。

「そう。――お前の持っている地図が欲しい」

ニヤリと半弧状に笑みを刻んだハルの唇が、恐怖で竦んだイリスの耳元で低く囁《ささや》いた。

「地図？　そんなもの持ってない」

まったく心当たりがない。

イリスが訝《いぶか》しんで――それから耳元で囁かれることを嫌がって顔を上げた時、遠くからこちらに向かってくる足音が聞こえた。

「イリス！」

友人の声だ。

これこそ天の助けだと腕を突っ張って、ハルの体を押しやる。

拍子抜けするくらい容易にハルは上体を離してくれたけれど、だからといって解放されたわけじゃない。腕は腰に回ったままだ。

「キャプテン・ハル、俺の友人が何か失礼でも」

荷降ろしの仕事をしている友人は、顧客である海賊の顔も心得ているようだ。

「いいや？　薬の配達の足代わりに使われたりもしたが、特に失礼を受けた覚えはない。不届き者から彼を救ったのも俺の趣味だしね」

ずいぶん恩着せがましい言われ方をしてカチンと来るけれど、どれも事実だ。

感謝はしている。でも、さらわれるとなれば話は別だ。

「イリスは俺の友人なんです、離してやってください。実はその――そいつは、海賊が怖くて」

自分のために頭を下げてくれる友人に、イリスは鼻の奥がツンとした。

イリスの不注意でこうなっているのに、ことを荒立てないように助け出そうとしてくれる友人に、なんてお礼を言っていいかわからない。

なんとかハルの腕を振り払って友人のそばに駆け寄ろうと思うのに、ハルの腕はしっかりとイリスの腰を抱いたままだ。

いっそ噛み付いてでも爪を立ててでも逃げ出したいけれど、それは最終手段だ。友人の努力をイリスが無に帰すわけにいかない。体を精一杯捩《よじ》って友人を振り返る。

「大丈夫、俺は優しい海賊だよ？」

「キャプテン・ハルが優しいのは誰もが知ってます。俺だって。だけど、そういうんじゃないんです。そいつは海の匂いだって嗅いでいられないくらい、とにかく理屈じゃなく海賊ってものを受け入れられないらしくて」

肩を竦めた友人の言葉に、ハルが目を丸くした。

海賊からしてみたら、そんなに嫌われる理由がわからないのだろう。この港町の人間は全員海賊が好きだから、当然といえば当然かも知れない。

べつにイリスは海軍の人間というわけではないけれど、海軍のようなものだと思ってもらえれば嫌われている理由もわかりそうなものだ。

「そうか……、そいつは残念だ」

大きく見開いていた左目をふと伏せてため息を吐いたハルが、肩を落とす。

そのまま諦めてくれるものかとイリスも、友人も期待して一瞬晴れやかに顔を上げた。

ハルが片腕を解く。

「！」

しかし、もう一方の腕でハルの腰を摑んだままだ。空になった方の腕には、黒光りするカトラスを握っていた。

切っ先は、友人を向いている。

「悪いけど、イリスを返すわけにはいかない。俺はこの子に用がある」

カトラスを構えたハルの目は鋭く、まるで獲物を狙《ねら》う鷹《たか》のようだ。

燃えるような赤い髪が潮風に揺れるたびイリスの胸もざわついて、生きた心地がしない。

笑顔が消えただけで、こんなにもゾッとするほどおそろしい表情になるのか。

「用事が済んだら、この港町へ返しにくるよ。ちゃんと無傷でね。——そう、彼をここまで育ててくれた人に伝えておいて」

左目をそっと細めたハルが微笑《ほほえ》んだような気がしたけれど、さっきまでのような朗らかさはない。威圧的な命令だ。

身動きが取れなくなった友人にカトラスを向けたまま、イリスを抱きかかえたハルが一歩、二歩と後《あと》退《ずさ》る。

イリスはまるで操り人形のようにそれに引きずられていくしかなくて、喉をしゃくりあげるように浅い呼吸を繰り返した。

「あ、そうだ」

背後に係留された大きな黒塗りの二層艦に乗り込もうという時、急にハルが大きな声をあげた。

イリスも、すでに遠くなった友人もビクリと大きく肩を震わせる。

ハルの声にもう剣呑さはなくなっていたけれど、だからこそそのおそろしさがある。

無傷で返すなどと言っても、こんな男の言うことが信用できるはずもない。

「君、これをイリスの代わりに配達しておいて」

木偶《でく》のようになったイリスの手から麻袋をむしり

取ったハルが、遠い友人にそれを放った。

友人も、思わずといったように反射的にそれを受け取る。

「イリスの大事な仕事なんだ。頼んだよ」

そう言ってハルは微笑んだ。さっきまでのような、屈託のない表情で。

◆　◆　◆

下からの突き上げで、間断なく床が揺れている。

いっときたりとも静止していない状態はまるで地に足がついていないようで、不安感を掻き立てられる。

現実から逃避したくて眠っていても高いところから落ちる夢や人にぐらぐらと揺さぶられる夢ばかり見て、吐き気で目を覚ましてしまう。

睡眠不足だから余計に気分が悪くなって、イリスは船室の天井を青白い顔で見上げた。

ハルにさらわれて、もう五日にもなる。

まるで荷物のように積み込まれた船の上はどこもかしこも潮か酒か男たちの饐えた臭いで充満していて、港を出て外海に出るまでの間に既に朝食を戻してしまった。

本格的な船酔いは半日過ぎてから。始終頭の中をシチューのようにぐるぐると掻き回されているようで、とても立ったり座ったりできる状態じゃなくなった。

それでなくてもイリスはハルにまるで特別待遇だとでもいうかのように仰々《ぎょうぎょう》しくあてがわれたこの船室から一歩も出る気などなかったけれど。

木の扉一枚隔てた向こうからは、今日も海賊たちの声が聞こえる。

当然だ。海賊船には海賊しか乗り込んでいないのだから。

もし今この船が海軍に攻め込まれて捕縛されれば、イリスも海賊の一味として処刑されるのだろうか。

これまで毎日神に祈り、慎《つつ》ましく生きてきたつもりなのに海賊の一味として一生を終えるなんて耐え難い屈辱だ。

「はぁ……」

イリスは重いため息を吐いて、ベッドの上で寝返りを打った。

どんなに呼びかけられても出るまいと決めたこの部屋の中は、部屋の外に比べればまだ清潔な空気に満ちている気がする。

イリスがそう思いたいだけかもしれないけれど、少なくとも清潔なリネンに覆われたベッドは新品のようで、どこか懐かしい陸地の香りがする。イリスが自分の境遇を嘆いて顔を埋《うず》めても呼吸を止めないで済む。

他の船室はわからないけれど採光のための窓はついているし、空気を入れ替えようと思えば開くこともできるようだ。とはいえ丸い窓の外には鉄格子が嵌《は》められていて逃げ出すことはできない。そもそも窓を開けても潮風と波の音が入り込んでくるばかりで、あまり気持ちのいいものじゃない。

こんな生活をいつまで強いられるんだろうか。

ハルが言っていた地図というのが何なのか、イリスにはてんでわからない。

イリスが地図を持っているというなら、教会に家探しに入るのが——そんなこと想像しただけでも嫌な気持ちになるけど——妥当だ。

イリスを一人、ぽいと連れてきただけで地図が必要だなんて。

もしかして地図というのは言葉の綾《あや》で、ハルはイリスが宝の在処《ありか》でも知っていると思いこんでいるのかもしれない。だとしたらお門違いだし、知りもしないことを白状しろと迫られるのかと思うと気が重い。重いどころじゃない。そんなことで拷問まがいのことでもされようものなら、今のうちに死んだほうがマシだとさえ思える。

だってイリスは地図も宝も知らない。

海なんて、できれば視界に入れないように生きてきたんだから。

うつ伏せでベッドの上に沈んでいても、胃のむかつきはひどくなるばかりだ。両手で耳を塞いでいても波の音は消えないし、気が滅入って仕方がない。

と、不意に木の戸をノックする低い音が聞こえてイリスはぴくりと肩を震わせた。

「イリス様」

くぐもった声。聞き慣れたものだ。

このまま返事をしないでいればその人が無断で部屋に入ってこないことは知っている。

だけど、イリスは小さなため息とともにベッドを起き上がるとふらつく足取りで扉に向かった。ぐにゃぐにゃとぬかるみを歩くような床の感触に、また吐き気がこみ上げてくる。

「イリス様、お食事をお持ちしました」

扉を開くと、そこには光沢のある布を頭に巻きつけた浅黒い肌の青年が立っていた。瞳《ひとみ》は紫色で、小ぶりな鼻に、薄い唇。物腰の穏やかな青年は、とてもじゃないけれど海賊とは思えない風貌をしている。

海賊然としていないからあてがわれたのだろう。

この五日間、彼らがずっとイリスの世話をしてくれている。

イリス様、などと呼ばれるような身分の人間ではないのだけれど。

「……今日はどっち？」

銀製の皿にパンとチーズ、それから干し肉の乗せられた簡素な食事。とても食べる気にはなれなかったけれど、一人でふさぎこんでいることにも飽きてしまった。イリスが尋ねると、青年はふふっと笑い声を零《こぼ》して頭の布につけた羽飾りに指先で触れた。

「フギンでございます」

「二人が一緒にいればわかるんだけどなあ……」

イリスが苦い表情で吐き出すと、フギンが肩を揺らして笑う。

フギンにはムニンという双子の兄弟がいて、二人で船に乗っている。最初の三日間くらいは自分の世話を焼いてくれているのは一人の青年だと思っていて、そのことに違和感も覚えないほどそっくりな兄弟だ。

どんなに物腰が柔らかく、どこか気品の感じられる青年をあてがわれても船酔いがよくなるはずもないとしばらく無視を決め込んでいたのだけれど、四日目に突然フギンとムニンが同時に現れるとイリスは驚いて思わず反応を返してしまった。

今にして思えばそれは彼らの作戦だったのかもしれない。

彼ら兄弟は物静かそうな外見とは裏腹によく笑う。他の海賊たちのように大声でがさつに笑うわけではないけれど、笑い上戸なシスターくらいには。

おかげでこの二人に対しては少し毒気が抜けてしまっている気がする。

もっとも、やはりとても海賊には見えない風貌だからかもしれないけれど。

「ごめん、今日も食欲はわかないや。……他の人に食べてもらって」

「他の者といっても、既にみな食事を終えてしまいました」

フギンのために開け放たれた扉の向こうでは、陽気な歌声とデッキの掃除でもしているのか、慌ただしげな物音が聞こえてくる。

海賊なんて、海の上でどんなふうに暮らしているのかイリスは考えてみたこともない。イリスが知っている海賊は海の上では犯罪を働き、港に着けば金に物をいわせて——あるいは金も払わずに、享楽に興じるだけの快楽に身を堕《お》とした者の集団だ。

だけど今目の前にいるフギンがそんな人間には見えない。

ハルだってそうは見えなかったのに、こんなふうにイリスをさらったのだから自分の人を見る目を疑ってみるべきなのかもしれないけれど。

「ああ、そういえば私は食事がまだです」

「！　じゃあフギンが僕の代わりにこれを食べてよ」

ふわりとした布を腰紐《こしひも》で押さえた服のお腹《なか》部分に掌を乗せたフギンに思わずイリスが声をあげると、またフギンが声もなく笑った。

名案だとばかり、思わず声が高くなってしまったからかもしれない。

どうも、フギンやムニンと一緒だと海賊と話している気がしなくて素っ気なく接することができない。

海賊なんかと仲良くなる気はないのに、一人で船室に閉じこもっているのはとにかく退屈だし船酔いがどんどん悪くなる気がする。フギンとムニンがこうして訪ねてくれることは、正直少し楽しみですらある。

ハルがそれを見越して彼らをよこしているのだと

したら、なんだか腹も立つけれど。

「そうですね……でも私一人でこれを食べるのは難しいので、半分食べていただけませんか？」

目の高さまで銀皿を掲げてみせたフギンが首を傾《かし》げる。

「えっ？　でも……」

パン二切れとチーズ、干し肉だってほんのちょっぴりだ。とても成人男性が充分と言える量じゃない。

教会だったらこれにスープもつくし、食後にはフルーツだっていただくくらいなのに。

「イリス様と半分ずつなら、食べ切れると思うんですが……ダメなら、魚の餌《えさ》にでもしてしまいましょうか」

「っ……わ、わかったよ。じゃあ一口だけ……あんまり食べると、また気持ち悪くなっちゃうかもしれないから」

「ふふ、空腹でいるとよけいに気分を悪くされますよ」

船に乗せられる食料に限りがあることくらい、イリスにもわかる。

その貴重な食べ物を魚の餌にしてしまおうだなんて言われたらイリスだって胸が痛む。半分ずつと言ったのがフギンのイリスに食事をさせるための策略だとわかっていても、肯《うなず》くしかない。

それにフギンがこの簡素な船室に入ってきて一緒にテーブルを囲めるのは少し、嬉《うれ》しい気もした。

この船にフギンやムニンのような海賊がいなければ、下手をすればイリスはこの部屋でひとりぼっちで餓死していたかもしれない。

「フギンとムニンって、……その、気を悪くしないでほしいんだけど、あんまり海賊っぽくないよね」

フギンとわずかばかりのパンやチーズを分け合う

と、胸につかえていたものが軽くなったような気がしてずっと感じていたものが口からするりと出てきた。

フギンの指先はたしかに海での作業で負ったのだろう傷跡やごつごつとした男らしさもあるけれど、食事をする仕種《しぐさ》などはイリスが今まで見た人の中で一番気品を感じる。シスターたちのテーブルマナー以上だ。

まさか海賊がこんなに優雅に食事をするものだとは思わなかった。

まるで、フギンの周りだけ豪華客船の中みたいに見える。

「ええ。私たち兄弟は生まれも育ちも海賊、というわけではありません。数年前までは海を見たこともなかったんです」

「えっ、そうなの？」

フギンと話を続けながらパンを食べていると、あっという間に一切れ食べ終えてしまった。

干し肉もどうぞと勧められるまま、口に運ぶ。空っぽになっていたお腹から空腹を訴える音が響いてきて、イリスは慌ててお腹を押さえた。フギンが肩を震わせて笑う。

「元は、南の小さな王国に仕える研究員でした。私は星を、ムニンは水の研究をしていました」

「それが、どうして――」

海賊なんかに、と口を滑らせそうになってあわてて干し肉を押し込む。

しかし聡《さと》いフギンには言わなくても伝わってしまっただろう。それでもフギンは穏やかに微笑んだ。

「近隣諸国に攻め入られ、国は解体。王族は全員虐殺されて、わずかばかりの国民が奴隷となり――輸送されている最中、この船に拾われたのです」

奴隷あがりのクルーばかり集めた亡霊船だ、と揶揄していた海賊の言葉を思い出してイリスはハッとした。

それを見透かしたようにフギンは小さく肯くと、手にしていたパンを静かに置いて視線を伏せた。

「私たちだけではありません。このヴァルハラ号の乗組員は行くあても、生きる術《すべ》もなくした者たちが集まっています。祖国では死んだ扱いになった人間ばかり乗せているので、亡霊船《スペクター》、と」

そこには自分も含まれているはずなのに、フギンは気の利いたジョークだとばかり笑っている。イリスにはとても笑えなかった。

「他の人たちも……?」

気持ちが軽くなってきたせいか食事をしたせいか、さっきまで必死に耳を塞いでいた扉の向こうの物音がより鮮明に聞こえてくる。

なにやら大きなものを動かしたり、金属音や——いい匂いまで漂ってくるようだ。

「中には海賊に憧れて志願した者もいます。しかしそれも、キャプテン・ハルの名前に自分が生きる道を見出《みいだ》したからでしょう。彼は困っている人間を捨て置けない性分なので」

数人が歌い始めると、次々と乗組員がそれに乗じるのだろう。やがて大きな歌声になって、外はやけに楽しそうだ。

それはイリスが港町で聞いていた酒乱のような喧騒とはまた少し、違って聞こえる。それはここが海上だからなのか、それともこの船の海賊たちだからなのかはわからない。

「でも……」

ごくんと喉を鳴らして干し肉を飲み込んだイリスは、ふるっと首を振って唇を尖《とが》らせた。

「僕は行くあてがないわけじゃないし、帰りたい」

友人から成り行きを聞いたシスターたちは心配して、教会は大騒ぎになっているだろう。おじいちゃん先生だってイリスがいなくなって少なからず困っているかもしれない。

ハルが乗組員にとって尊敬できるキャプテンだとしても、イリスがわけもわからないままさらわれてきたことに変わりはない。

「ハルは約束を守る人間です。いずれあの町に帰すと言ったからには、何があってもイリス様を生きて無事に家まで帰してくださるでしょう」

「それって、いつ?」

「宝の地図を手に入れさえすれば」

「地図なんて、そんなの本当に僕知らないんだけど」

イリスが眉を顰めてため息を吐くと、フギンも困ったように首を竦めた。

ハルはまるでイリスが宝の地図を持っているようなこと言ってさらってきておいて、船に連れ込んだイリスをこの部屋に案内したきり一度も顔を見せやしない。

フギンやムニンに心を開いて地図の在処について口を滑らせるのを待っているのかもしれないけれど、そんなもの好きこのんで黙っているわけじゃない。本当に知らないのだ。

フギンやムニンにそう訴えても、彼らもハルから地図のことについては聞いていないという。イリスから聞き出せという命も受けていないいんだと困惑されてしまうと、もう打つ手がない。

一体イリスにどうしろというのか。

膝の上でぎゅっと拳《こぶし》を握りしめてうつむいてしまったイリスに気遣わしげな視線を向けるフギンは悪い人間ではないと思う。

この船に乗り込んで、海賊が全員悪い人ばかりじゃないんだろうということがわかった気がする。いや、本当はずっとわかってはいたのだけれど、ただどうしても、本能的に怖くて仕方がない。

毛嫌いしているんじゃなくて、とにかく関わり合いになりたくない。

ハルのことだって、本当に感謝していたのに。

「――じゃあ、キャプテンに尋ねてみるというのはどうですか？」

「！」

イリスが顔を上げると、フギンが眉尻《まゆじり》を下げて控えめに微笑んでいた。

「イリス様が地図のことをご存知ないというのは私たちも承知しています。しかし、私たちもキャプテンが言っている地図のことを知らされていないのです。何も知らない者同士が顔を突き合わせていても埒《らち》が明きません。キャプテンが言い出したことなのですから、彼に説明させるのが一番です」

たしかに、その通りだ。

イリスは研究者だったというフギンの理にかなった言葉に呆《ほう》けたように目を瞬かせ、無意識のうちに肯いていた。

こんなところまでイリスを無理やりさらってきたハルに対して怒りはあるけれど、その派手な出で立ちはイリスが怖いと思うような海賊のそれじゃない。

大切な友人に刃《やいば》を向けた人なのに、と思うけれど傷をつけたわけではないし、話せばわかる人なんじゃないかという希望はある。

「そうと決まれば、さっそく行きましょう」

「行、……っえ？」

てっきり、ハルを連れてきてくれるのかと思っていた。

よく考えたらそんなのは甘えだし、フギンと食事をしたおかげでまだ頭はフラフラとするけれど気持ち悪さは軽減されている。それどころか、どこからともなく漂ってくる美味しそうな香りに腹の虫がまた鳴き出しそうだ。

椅子《いす》を立ち上がったフギンが手を差し出して、双《そう》眸《ぼう》を細める。

頭にかぶった布の下から金糸のような髪が一房はらりと流れて、思わずイリスはそれに見とれた。

これもすべてフギンの策略だったのかもしれない。そう思うものの、抗《あらが》う術も、理由も見当たらない。

イリスは苦笑を浮かべて、フギンの手を握った。

甲板には、酒樽《さかだる》がいくつも並べられ、中には樽の上に大きな板をかけたテーブルもあった。

出港して以来甲板に出たのは初めてだけれど、想像以上に広い。イリスが三人ほどで取り囲んだって手が届きそうにないマストが全部で三本ほども立っていて、今は帆がほとんど畳まれている。

教会の庭や、イリスが通っていた学校の庭よりもずっと広く感じられるのは、周りに遮るものが何もないからかもしれない。

家も木も、山もない。甲板をぐるりと囲っている手すりの外はただただ一面の海で、どちらを向いても遥か遠くに水平線が見えるだけだ。

「大丈夫ですか？」

甲板に出るなり呆然《ぼうぜん》と立ち尽くしたイリスを気遣うように、フギンが顔を覗《のぞ》き込んできた。

「う……うん、まあ、船酔いは相変わらずだけど」

不思議と、船室を出たほうが波の音は静かに聞こえた。部屋ではベッドに伏せてばかりいたからかもしれないし――あるいはこの広い甲板いっぱいに集まっている海賊たちが賑やかなせいで波の音が掻き消されているだけかもしれない。

ざっと見渡した限り、赤い髪の海賊は見当たらない。

「フギン」

フギンとイリスの姿を見つけたムニンが、船首のほうから駆けてきた。

ムニンはフギンと同じように布をかぶっているが、羽飾りがついていない。もしムニンが羽飾りをつけてフギンが羽飾りを外したら、イリスには見分けもつかないだろう。それくらい二人はよく似た双子だ。

「ムニン。宴《うたげ》の準備は順調かい？」

ムニンがこちらに駆けてきたことで、甲板で働いていた海賊の視線が一斉にこちらを向いたように感じる。

イリスは反射的に視線を伏せ、片腕のシャツの袖《そで》をぎゅっと握りしめた。

フギンの話が本当なら彼らにもそれぞれの事情があって、イリスが嫌うような海賊団ではないのかもしれない。だけど、どうしても腰が引けてしまう。

「うん、滞りなく。……イリス様、お加減はいかがですか？　冷たい水をお持ちしましょう」

身を強張らせたイリスを海賊の視線から隠すように――といっても彼らも海賊なのだけれど――ムニンがイリスの前に立ち、朗らかに微笑む。

「ありがとう。……これから宴なの？」

海賊の宴というと、港町の馬鹿騒ぎを彷彿《ほうふつ》としてつい気が滅入ってしまう。

商船から強奪した金で下品に飲み食いして女を我が物顔で抱き寄せる海賊の姿は、あの町で暮らしていたら嫌でも目に入ってきたから。

「ええ。出港して無事航路に入り、まだ食糧が新鮮で豊富なうちに宴をするのがヴァルハラ号の慣習なんです」

「食糧が豊富なうちに？」

「ああ、ええと……」

フギンが言葉に詰まったように一瞬宙を仰ぐと、どこかの船室から水を持ってきたムニンが続けた。

「海賊の船旅は目的地もなければ、いつまた寄港するとも知れません。できるかぎり保存に適した食糧を積んではいますが――稀《まれ》に、食べるものが底を尽きることもあります」

穏やかな微笑みを浮かべたままそらおそろしいことを告げるムニンの顔を仰いで、イリスは言葉を失った。

この人数で食べるものがなくなったら、一体どうなるのか。考えるだにぞっとする。この数日間船酔いとストライキの気持ちで食事をしていなかったイリスがいうのもおかしな話だけれど。

「え、……だけどそうならないように、日数や人数の計算はしてるんでしょ」

「もちろん」

ムニンが大きく肯く。

思わずもらった水さえ飲むことも躊躇《ちゅうちょ》してしまう。この海上では真水だって大事な食糧なのじゃないだろうか。

「私たちが乗船する前は厳しかったようですが、今は多少の家畜も乗せていますし、魚を釣り上げる技術も身につけました。……ああ、その水はムニンが蒸留した水です。いくらでも作ることができますからお気になさらず」

木製のコップを持つイリスの手が震えていることに気付いたフギンがおかしげに笑う。

そういえばフギンとムニンは元は研究員だと言っていたから、船上で快適に暮らしていくために知恵を働かせているのかもしれない。

港に船が着くたび海賊たちが狂ったように飲み食いしていたのは、寄港するまでの間何も食べられない日があったからなのだろうか。

二人の様子を見ていると飢えた様子とは無縁なように見えるし、この船は二人のおかげで比較的安定しているのかもしれない。時にはそうなることもあるけれど、という海賊の一般論だろうか。

イリスは少し安心して、よく冷えた水に口をつけた。

パンと干し肉をいただいたばかりなのにまだ空腹を訴えるイリスの中にすとんと冷たいものが落ちていくのがわかる。

海水のように塩辛いはずもなく、教会の井戸水みたいに美味しい。

「――そう、ただ……我がヴァルハラ号は、時に乗船者が倍以上に増えることもあるので」

「？」

いたずらっぽく首を竦めたフギンの言葉にイリスが聞き返そうとした時、そこかしこで既に盃《さかずき》を交わし始めていた海賊たちが一斉にどよめいた。

ハルがやっと登場したのかと思ってそちらに視線をやると、丸々と太った海賊が一人、床に倒れていた。

「おい、大丈夫か?!」

「血が出てるぞ」

楽しそうな宴が一転して、突然倒れたらしい仲間に海賊たちが駆け寄る。

倒れ込んだ張本人の意識はあるようで、手を掲げて見せてはいるものの立ち上がることができずにいるようだ。

「あっ、イリス様？」

気付くとイリスは、駆け出していた。

倒れた海賊が痛みを訴えて抱きかかえた太い足に、うっ血の跡が見えたからだ。たった今倒れたばかりで、痣《あざ》ができるはずもない。

「すみません、ちょっと……あの、すみません」

青白い顔をして仲間たちの声に大丈夫だと応える海賊の元へ夢中で辿《たど》り着くと、イリスはちらりと見えただけのふくらはぎに手を伸ばした。

うっ血の跡は、薄いけれどかなり大きい。

突然自分たちを割って入ってきたイリスの姿に他の海賊たちが何事かと顔を見合わせあっているけれど、今はそんなことを気にしている余裕もない。

倒れた拍子に落としたのだろう銅のコップが床に転がり、あたりにムッとした酒の匂いが立ち込めている。

「すみません、ライムはありますか？」

倒れた海賊とその傍らにしゃがみこんだイリスを心配そうに覗き込んだ面々に顔を上げ、声を振り絞る。

海賊は怖いし、ズボンをめくってうっ血の跡に触れた手が震えている。

零れた酒の匂いを嗅いでいるだけでも気持ち悪くなってくるけれど、このままにしておいたら彼はそのうち血が腐って死んでしまう。

「ライム？」

戸惑いを隠せないでいる海賊たちが視線を交わし合っていると、そのうちの一人が「ある！」と声をあげて足早に取りに向かった。

「ライムの実を絞って、薬だと思って飲んでください。できればこれから毎日」

壊血病の治療にはそれが一番だと、おじいちゃん先生が言っていた。

素人判断だけど、場所柄海賊や海軍の治療を多くしてきたという先生の言うことだから多分間違いはない。

イリスはぽかんとした患者に強く言い聞かせた後、自分たちを取り囲んだ海賊を仰いで立ち上がった。

「みなさんも、毎日少しでもライムを齧るようにしてください。お酒ばかりではなく、陸に上がったら野菜もちゃんと食べないと。怪我をしなくても、不健康にしていれば人間はすぐに死んでしまうんですから」

まるで壁のように立ち塞がった海賊たちの威圧感で、イリスは正直膝が震えていた。

だけど、どの海賊たちもまるで酔いが覚めたかのように口を半開きにしてイリスの言葉にぎこちなく肯く。

言い終えてしまうと突然自分の置かれていた状況がおそろしくなってきて、どうやってこの場を逃げ出せばいいのか頭が真っ白になってしまったイリスの耳に、短い口笛が響いた。

「さすがドクター」

海賊を掻き分けて姿を見せたのは、赤い髪をした隻眼の男――ハルだった。

「だから、僕はドクターじゃないって言ってるじゃないか」

出会った時も交わした会話を繰り返すと、何故だかホッとした。

また救われたかのように感じる。べつに今イリスを囲んでいる海賊たちは、イリスに危害を加えようとしていたわけでもないのに。海賊だというだけなら、ハルだって同じ海賊だ。

ハルの背中から、ライムを取りに行った男が走って戻ってくる。少年のように小柄な体をしているけれど、イリスよりもずっと年上のようだ。皺だらけの手にたくさんライムを抱えてきた。

「だからドクター、これで全部です！」

この船では、ハルが法律なのか。

フギンとムニンのような人でさえハルを尊敬しているというくらいだし、ハルが言うことは絶対なのかもしれない。おそるおそる周囲を見回すと、向けられた視線が「ドクターなのか」と言っているように見えてくる。

「違うってば」

思わずイリスは顔を背けて、尖らせた口先でつぶやくように反論した。

「ははは！　まあお前がドクターでも見習いでもなんでもいいさ。ありがとう」

「ありがとうって、……まだ元気になったわけでもないのに」

大きく口を開けさせられた海賊が、直接ライムの汁を注ぎ込まれ挙句の果てには半分に切った果実ごと詰め込まれて仲間たちがどっと笑っている。

それぞれライムの実を手にして、飲みかけの酒に汁を絞っているものもいた。

これだけのライムで足りるのかどうか、うっ血症状まで進んでいる彼が快方に向かうかどうかもイリスには判断できない。

壊血病に罹《かか》った患者は吐血もするし、ひどくなれば古傷が開いてどす黒い血を流しながら診療所に来るので、血を見ると卒倒してしまうイリスは手当てをしたためしがない。

それでなくてもイリスは知識も経験もない、ただの小間使いだ。決してドクターなんかじゃない。

いくら海賊でも、苦しんでいる人を見ていられなかっただけで。

「それでもうれしいよ。俺の家族を助けようとしてくれたんだ」

屈託なく笑ったハルも、フギンからライムを手渡されると皮も剝《む》かずにそのままコップに投げ入れた。

それじゃダメだと注意しようとした時、もう一方の手で肩を抱かれそうになって慌てて払い退ける。

「家族？」

「ああ。乗組員はみんな俺の家族だ」

家族、と口の先で復唱してイリスはチクリと傷んだ胸を押さえた。

フギンからこの船の乗員の話を聞いてなかったらそんな言葉気にもしなかったかもしれない。

たしかに家族とくつろいでいるみたいに、どの面も面もあけすけに笑って盃を交わし合っている。

イリスに家族はいないから、想像でしかないけれど。

「それより、やっと部屋から出てきてくれたな。ようやく俺の海を見たくなったか？」

「あんたの海じゃないだろ。……ていうか、人をさらっておいて訪ねてもこないとか意味わかんないんだけど」

イリスがわざとらしく大きなため息を吐いて顔を顰めてみせると、ハルが目を瞠《みは》った。

「お前、俺のことをずっと待って――」

「待ってない」

思わず声を張り上げて、ハルの言葉を遮る。

「僕に用があるからさらったんだろうに用を聞きにもこないでいるなんて、失礼にも程があるだろ」

もしかしたらイリスをさらったことなんてすっか

り忘れてしまっているのかと思った。

忘れ去ってしまうくらいの他愛《たわい》のない用事で大嫌いな海にさらわれてこられたんだとしたら、腸が煮えくり返って仕方がない。大した痛手を負わせることはできないかもしれないし、そんなことしたらシスターに怒られるのはわかっていても一発殴らせろと言いたいくらいだ。

「ハハ、ごめん。出港してからずっと操舵室に詰めてたんだ。それに、ただでさえ嫌がるお前をさらってきたんだから安全地帯くらいあったほうがいいだろ？　部屋にまで俺が押しかけてったらお前の逃げ場がなくなるじゃないか」

髪に伸びてきた手を露骨に避けると、ハルは悪びれた様子もなく笑いながらさも当然のことのように言う。イリスが耳を疑ってハルの顔を仰ぐと、今しがた避けたばかりの掌を差し出された。

「お前が自分で出てくるのを待ってたんだ。出てきてくれて嬉しいよ。ようこそ、ヴァルハラへ」

もう一方の手に持っていたコップを酒樽でできたテーブルに預け、恭しく胸に掌を宛《あ》てがって腰を折る。

まるでどこかの貴族のように優雅な姿に見えた。

イリスはあっけにとられて言葉を失い、たじろいでしまった。

赤い髪が潮風に揺れて靡《なび》いている。金糸の肩章がついた派手なオーバーコートも大きく翻り、まるで絵画のように美しい。

ハルは海賊なのに――もしかしたらフギンやムニンと同じように、以前はどこかの貴族だったりするんだろうか。そう思うのに充分すぎる美しい所作だった。

「ぁ、……頭を上げてよ。大袈裟だな」

しばらくの間見とれてしまっていてから、イリスは周囲の海賊たちの視線に気付いてあわててハルの肩に手を伸ばした。

自分のキャプテンが——それもフギンの話によればかなり尊敬されているらしい首領が、イリスのようなどこの馬の骨とも知らない男に頭を下げている姿なんて見せるものじゃない。

どうせ頭を下げるならさらってきたことを詫びてほしいくらいだ。いくら詫びられたって、無事に帰してもらえるまでは許せたものじゃないけれど。

それに、イリスが制止するとハルはさっさと顔を上げて笑っている。

もしかしてと思うけれどわざと大袈裟な芝居を打ってイリスを呑んでしまおうという意図があったのかもしれない。だとしたら、相当食えない男だ。相手は海賊で、しかもキャプテンだというんだから当然といえば当然だけれど。

「さあ、じゃあ早速我がヴァルハラを案内しようか」

差し出した手をそのままに、ハルはどこかうきうきとした様子でそんなことまで言い出した。

たしかにこの大きな帆船には様々な部屋があるだろう。案内とやらが一日で済むのかどうかもわからないほどだ。

しかし、イリスは当然のように差し出された手からふいと顔を背けた。

「大丈夫。僕はすぐに下船する予定だから」

充分な部屋を割り当ててくれたことには感謝しているけれど、それさえあれば充分だ。海賊船を隅から隅まで探検してみたいなんて無邪気な気持ちは、イリスにはない。

ハルは意外そうに目を瞬かせるかと思いきや、宙に浮いてしまった手をばつが悪そうに握って首を竦めた。左だけあらわになった目を伏せて、困ったように笑う。

「そんなに海が嫌か？」

「だから嫌だって言っただろ。海も船も、海賊も」

頑《かたく》なさを伝えるためにそっぽを向いたイリスの視界に、もう陸の様子は見えない。

小心者だと言われても構わない。

こんなところで船が転覆するなり、他の海賊からの攻撃を受けるなりしてこの大きな海に放り出されたらハルがイリスを守るなんていくら言ったって、無理に決まっている。

海はイリスの理解を超えるくらい広くて果てしなくて、とにかく得体の知れない怖さで今にも心が蝕《むしば》まれそうだ。

「……そうか」

小さくつぶやいたハルが肩を落とすと、赤い髪が揺れて、燃え盛っていた炎が小さくなっていくように見える。

嫌いだって言ったのに、逃げ出そうとしたイリスを抱きかかえて無理やりにさらってきたのはハルだ。どんなにしょげて見せられても、同情の余地などあるはずがない。

けれど、イリスは咳払《せきばら》いを一つすると胸の前で腕を組んだ。

「――……悪い人ばかりじゃないっていうのは、わかってる。でも、だめなんだ。……どうしても。理屈じゃなくて」

フギンやムニンがイリスの心を明るくしてくれたことは事実だ。

こんなに大勢の海賊に慕われているハルだって、悪い人間じゃないんだろう。

だけど、海賊船に乗っているということが、今この瞬間もおそろしくてたまらない。生きた心地がしない。ハルの船はこんなにも穏やかなのに。それは、わかっているつもりなのに。

「海賊に」

イリスは自分の身を守るように胸の前で組んだ腕で自分の体をぎゅっと押さえ込んだ。

言葉が鉛の塊のように喉に突っかかる。

だけど言わなくちゃいけないと思った。言えば、ハルならばわかってくれるかもしれない。

「……海賊に、両親を殺されてるんだ」

意識してゆっくりと深呼吸をして、震える声を抑えながら告げるとハルが傍らで息を呑んだのがわかった。

甲板では他に何十人という海賊たちが楽しげに笑い、歌い、宴を楽しんでいるのに、波の音がイリスをあざ笑うように響く。

意識して息を吸い込もうとするとしゃくりあげるような声が漏れて、イリスはすがるようにハルを見上げた。

「……っあんたは、僕の父を知ってるんだろう？」

サミュエル・ジュエル。

イリスの知らない男の名前だ。シスターも町の人も、母の話はよく聞かせてくれたけれど父のこととなると口を閉ざしてしまう。隠しているというよりは、みんなもよく知らないというように見えた。

イリスの視線に射抜かれたハルはわずかに視線を泳がせて、ぎこちなく首を揺らしただけだ。

ハルだってイリスとそんなに大きく歳が離れているようには見えない。誰か別の海賊に名前を聞いただけなのだろうか。地図の在処と一緒に。

「両親が亡くなった時僕はまだ幼くて……両親のことは、なにも覚えてない。でも両親が守ってくれたから僕が今もこうして生きてるんだって、シスターが教えてくれた。命懸けで守られたんだ、僕は」

膝が震え、ついにはその場に立っていることができなくなってイリスは甲板にしゃがみこんだ。

みっともなくてもいい。怖いんだ。獰猛《どうもう》な獣を人間が本能的に恐れるのと同じだ。イリスにとって、海賊はそういう存在だ。

「――覚えて、……ないのか？　両親のことを」

頭上で呆けたような声がして、イリスは夢中で肯いた。

波の音から耳を塞ぎ、両の膝に顔を埋めて体を丸くする。そのまま、もう自棄《やけ》だとばかりに声を張り上げた。

「だから、地図なんて知らない！　僕は両親から何も預かってない」

イリスが助かった状況を詳しくは知らない。もしかしたら両親が地図を持っていたのだとすれば海の藻屑《もくず》になっているか、シスターがきっと処分してしまったんだろう。

「ああ、じゃあそうだろうな」

あてが外れたとばかりにハルが怒ってしまうかもしれないと、心のどこかで思っていたのかもしれない。

妙に間延びした声が降ってきて、イリスは思わず聞き返した。

「両親のことを知らないなら、地図のことは知らないだろうって言ったんだ。そりゃそうだろ」

熱くなった目を瞬かせたイリスに、ハルは何かおかしなことでも言っているかと尋ねるかのように首を傾いで顔を覗き込んでくる。

両腕を腰にあてて屈《かが》んだハルの姿からは、地図を手に入れられないことへの苛立《いらだ》ちも失望も感じられない。いっそそんなことわかっていたよとでも言い出しそうにさえ見える。

「でも、……ハルは僕を地図のためにさらって……」

「そうだ」

金色の目を無垢《むく》な子供のように瞬かせたハルに、迷いや躊躇はないように見える。

例えばこれが代金を支払うあてのない患者へ薬を届けたという話だったら、それでも奉仕の精神だと理解することはできる。だけど、イリスが船に乗りたがったわけでもない。ハルがありもしない地図を口実にイリスを欲しがる理由もない。嫌がらせを受けるほどのことをしたつもりもない。

頭が真っ白になって、どういうことかと尋ねる言葉さえ出てこない。

ただただ唖然《あぜん》としたイリスの腕をハルが摑んでも、それを振り払うことも忘れていた。

「地図ならここにある」

「え？」

ハルに腕を引かれると縮こまって強張っていた体が簡単に伸びて、床の上を立ち上がる。

遮るものの何もない甲板の上には、太陽が眩《まぶ》しいくらいに降り注いでいた。なんだか今まで気にもしなかったけれど。ハルのオーバーコートや腰に着けられた金色の装飾がキラキラと反射して眩しく感じたからかもしれない。

「地図は、イリス自身だ」

ハルは大きく口を開いて笑いながら、引き起こしたイリスの腕を引いて歩き出す。

「は？　え、……ちょっと待って、何言ってるのか、意味がよく」

そういえば船にさらわれる時もなんだかそんなようなことを言っていた気がする。あの時は海賊にさらわれたというショックが大きすぎてちゃんと尋ねることもできなかったけれど。

「ちょ、……ちゃんと説明して！　僕は、地図じゃないし！」

「地図だよ」

ハルの手はまるで遊びに誘う友達のようで、手首に食い込むような強さでもなんでもないのに、抗えない。

イリスは思わず足を踏ん張ってハルに抵抗を試みた。甲板の上にはたくさんの海賊がいて、決してここに留《とど》まりたいわけではないけれど。いつもいつも、ハルの思い通りに連れ去られたくない。

イリスの抵抗を感じて振り返ったハルの唇に表情はない。

「イリス。地図は、お前の体に刻まれてるんだ」

驚くほど真剣な顔で、ハルは言った。

◆　◆　◆

「だーかーら！　地図なんて刻まれてないよ！」

引きずられるようにして船長室に連れて行かれると、イリスはやっと解放された手を押さえながらハルを睨みつけた。

途中、フギンとムニンに助けを求めたけれど気の毒そうな顔をされただけで助けてもらうことはできなかった。それはそうだ。ハルはこの船の最高責任者であり最高権力者なのだから。

そうとなれば、ハルにわかってもらうしか方法はない。

イリスは大きくため息を吐くと、部屋につくなり簡素なベッドに腰を下ろしたハルを見据えて意を決した。

「今まで生きてきて、自分の体に地図があるのなんて見たこともない。そんなに僕の言うことが信じられないなら、脱げばいいんだろ」

ムニンからもらって一度だけ着替えた、くたびれたシャツの裾を握りしめる。

ベッドで足を組んだハルは鼻で笑うように顎先を小さくあげると、左目をゆっくりと細めた。

「話が早くて助かる」

ハルは悪い海賊じゃない、と思っている。

だからといってイリスの海賊に対する恐怖心が消えるわけじゃない。男だから肌を見せるくらいなんてことはないけれど、海賊の前でそうするのは怖い気がする。ハルの腰にはカトラスがついていて、イリスは丸腰だ。

イリスを無傷で帰すという約束はあるけれど、そもそもハルが約束を守る男かどうかなんて、彼のことをよく知りもしないイリスの思い込みにすぎないのに。

しかし、そんなこと今考えても仕方がない。

ハルがどんな人だろうとイリスはさらわれてしまった以上、地図なんてないということを証明するしかないんだから。

「……っ」

迷いを振り払うように、思いきって勢いよくシャツをまくり上げた。

シャツを握りしめた手を天井に突き上げるようにして堂々と貧弱な胸を晒《さら》したイリスに、ハルの表情は見えない。

自分の体をまじまじと確認したことなんてないけれど、痣もなければ特徴的なほくろだってなかったはずだ。イリスはそのままハルの反応を待たず背中を向けて、シャツの背中もまくって見せた。

肌寒い思いを我慢していくら待ってみても、ハルの反応はない。

イリスはゆっくりシャツを下ろすと、改めてハルに向き直った。

ハルもあてが外れたのだろう、訝しげに眉根を寄せて押し黙っている。

「下も脱いで見せろって？」

べつに構いやしないけれど。

学校の友人たちと水浴びをした時だって、誰かから地図らしきものを注意されたことはない。そんなものがあれば他ならぬイリスがとっくに気付いていているはずだし、シスターだって何らかの注意をしてくれただろう。

「いや、いい」

小さくため息を吐いてベッドを立ち上がったハルが、短く応えた。

これでようやくわかってもらえたかと思うと、どっと緊張がとけて思わずその場にしゃがみ込みたくなる。

「これでわかっただろう？　じゃあすぐに僕を港まで――」

送り届けて欲しい、とイリスが続けようとした時。

立ち上がったハルの影がすぐ目の前まで来ていることに気付いて、ぎくりとした。

「ハ、……ハル？」

「イリス、もう一度シャツをまくって見せて」

目の前に壁のように立ち塞がったハルがおそろしく思えて後退ろうとすると、耳元を優しい声で撫でられた。

優しい、けれど今まで聞いたハルの屈託のないものとは違っていて変な感じだ。

「なん……っ——なかった、だろ、地図」

　身を翻して逃れようとすると、そっと体に手を添えるようにして制される。まるで、ふわりと抱きとめられたように。

　その掌が妙に優しくて、イリスの心音が跳ねた。

「見、見せる、いくらでも見せるけど……っべつに隠してるわけじゃないから」

　背後からイリスのシャツをたくし上げようとするハルの手つきがなんだか変だ。

　気のせいに決まっているけれどシャツの中の胸をまさぐるかのような動きに感じられて、イリスの鼓動がひとりでに速くなっていく。あわてて手首を摑んで引き剝《は》がそうとすると、今度はイリスの髪にハルの唇が落ちてきた。

「！」

「イリスが隠してるなんて思ってないよ」

　顔を振り仰いで離せと言ってやればいいだけのことなのに、恐怖なのか緊張なのか、自分でもよくわからないけれど体が思うように動かない。

　今顔を上げて振り返ったら、イリスの長い髪に付けられたハルの唇が今度は別のところに吸い付いてくるんじゃないかという考えが過ぎって——そんなことを一瞬でも考えた自分にゾッとする。

「ただ、普通にしていたら地図は見えないようになっているのかもしれないと思ったんだ」

　たくし上げたシャツの中にハルのざらついた掌が滑り込んでくると、イリスは知らず息を詰めた。

　なんだか変だ。

　低く掠《かす》れたハルの声は、イリスを船にさらってきた時みたいに脅しているものとは違う。ひどく熱っぽく湿っていて、切なげに聞こえる。

今振り返ったら、ハルはどんな表情をしているんだろう。

「たとえば――体温が上がったら現れるようになっているとか？」

髪を滑り降りてきたハルの唇がイリスの耳に触れると、思わず過敏に背筋が震えて、それをごまかすようにイリスは勢いよく首を振って声を張り上げた。

「ない、……ないない！　僕が高熱を出した時だって、そんなの、なかったし！」

イリスが動揺したのが伝わったのかもしれない。ハルが小さく笑うと、耳がくすぐったくなってイリスはぎゅっと目を瞑って首を縮めた。

胸を撫でるハルの掌がじわりじわりと探るようにのぼってくると、イリスはその手首を押さえながら下唇を噛んで妙な震えを堪《こら》えた。

ハルはイリスの体にありもしない地図をなぞっているかのように指をたてて、点で優しくなぞってくる。それがざわざわとしたものをイリスに覚えさせて、肌は粟立《あわだ》っているのに体の芯《しん》が熱くなってくるようだ。

「俺がもし地図を隠すとしたら、もっと――特別な時にしか現れないようにするかな」

ほとんど囁くような掠れた声を嫌がってイリスが小さく首を振ると、それをあざ笑うかのようにハルの唇がさらにイリスの耳に寄せられた。密着して、もう口付けられていると言ってもいいくらい。

「……っ、特別な、時？」

「そう」

耳に押し付けられたハルの唇が、ふと笑みを浮かべたのがわかった。その唇に意識を奪われた瞬間を狙ったかのように――胸の上の指先が、イリスの肌をきゅうっと摘《つま》んだ。

「ん、ぁ……っ！」

甘い疼《うず》きが背筋を通って頭の天辺まで駆け上がって、思わず膝を折る。

だけど背後からハルの腕に抱きしめられているイリスは床の上にしゃがみ込むこともできなくて、むしろ無防備に体を預けるだけの状態になってしまった。

「や、……っ、何」

ハルが摘みあげたのは、ただの肌じゃない。

胸の上の、小さな突起だ。

なんのためにあるのかさえわからないそれに触れたハルの指先が擦るように動くと、また体の奥がぶるっとわななないた。

「ぃ、っ……ぅ、嫌だ、離して……っ」

肩をばたつかせて、身を屈める。だけどイリスより長身のハルの体が覆いかぶさってくるばかりで手を振り払うことはできない。

むしろ、いたずらをする手を抱き込むような格好になってしまってイリスは歯噛みした。

なんだか、変な気分になる。

「イリス、セックスをしたことは？」

「セ、っ――……?! な、ななな、なな、ないよそんなの！」

体の中が火照ってくるような変な気持ちに脱力しかけたところへ唐突に尋ねられるとにわかに汗ばんで、急に緊張してくる。

港で、たちの悪い海賊たちが言っていた。

海賊船に女は連れ込めないから男で解消するんだとか、なんとか。

それを思い出すと急にゾッとして、反射的にハルの顔を振り返った。

金色の目が、間近にイリスを覗き込んでいた。

「セックスをする時に浮かび上がるような呪《のろ》いをかけたとしたら——それなら、イリスが今まで地図の存在に気付いていなかったとしても、おかしくない」

吐息がかかるほど寄せた唇で囁きながら、ハルが胸の上の指先をゆっくりと蠢《うごめ》かせる。

突起の先端に触れるか触れないかという距離で円を描くようにハルの指が動くと、イリスの背筋が自分の意志とは関係なくビクビクっと痙攣《けいれん》するように小刻みに震えてしまう。

首筋で縛った自分の長い髪が背中を滑り落ちただけでも肩が跳ねるくらいに神経が過敏になっている。

「そ、んな——……っない、から っ」

「イリスは男の子だから、これなら地図を海賊に奪われる心配はないだろ？　女海賊にでも引っかからない限りはね」

いやいやをするように首を振ってハルの手に爪を立てようとすると、自分の手から力が抜けて小刻みに震えていることがわかった。

怖い。

これからハルに何をされるのかと考えることも、こんなに嫌だと思っているのに体が熱を帯びていくことも怖い。

「——なんて。さすがにないか」

胸の手に触れたイリスの手が目に見えて震えだすと、は、と短い笑い声とともにハルが急に明るい声をあげて身を起こした。

当然、その腕に抱きかかえられたイリスの体も起き上がる。なんだかそれがひどく居心地が悪くて、イリスは慌ててハルの手を振り払うとそのまま床の上にしゃがみこんだ。

「な、なん——……っなん、なんだよあんたは……っ！」

ハルの体が離れると、急に肌寒さが襲ってきてイリスは慌てて乱れたシャツを整えた。息があがっていることを悟られたくなくて必要以上に大きな声で怒鳴ると、ハルがごめんねと笑う。

「いや、かなり可能性はあると思ったんだけど……さすがにイリスだって自分で慰めたりはしたことがあるだろうからね」

「そ……っ、そんなのあるわけないだろ！」

ぎゅーっと抱え込んだ膝の間に熱くなった顔を埋めてイリスが喚《わめ》くと、短い驚きの声をあげたきり、ハルが静止した。

しばらく待っても、呼吸さえしているのかどうか判然としないほどハルが硬直してしまっているので、おそるおそるその姿を窺い見てイリスは苦い口を開いた。

「……そ、そんなことは、ふ、不潔だからしてはいけないって……シスターが」

熱でも出ているのじゃないかというくらい、頬が熱くなっていく。

ハルが、パチリと目を瞬いた。

「べつに神は自慰を禁止なんてしていない」

「でも！」

反射的に声を張り上げてから、イリスはまた膝の間に顔を埋めた。

自分以外は女性しかいない教会で、そんなこと、ができるはずもない。

ある朝目が覚めて下着が汚れている時もあったけれど、自分で洗濯をする習慣があったからシスターにはバレていなかったと思う。思えばイリスも大きくなったのだから自分で洗濯をしましょうと告げられたのにはそういう意味もあったのかもしれないけれど。

とにかく、イリスはそんなことをしてはならないと思って生きてきた。

「……でもまあ、別の方法を考えよう」

体を小さくして蹲《うずくま》ったイリスに呆れたような息を吐いたハルは、わざとらしいくらいに大きな声でそう言うとすぐに踵を返して自分の部屋を出ていった。

宴に戻ったのかもしれないし――あるいはイリスの体の変化に気付いていて、一人にしてくれたのかもしれない。

「――……地図なんて、ないし」

ハルの足音も遠ざかってしんと静まり返った部屋でゆっくりと膝を抱える腕の力を抜くと、イリスはシャツの中を覗き込んでまだ少し粟立ったままの胸を見下ろした。

普段は気にも止めていないような胸の飾りがぷっくりと目立つように突き上がっている。シャツが擦れたら、また体が震えてしまいそうだ。

だけどもちろん、体に地図が現れたりなんてしていない。

「もう……なんなの」

イリスは泣き声にも似た声でつぶやいて、もう一度膝を手繰り寄せると額を伏せてため息を吐いた。

胸の突起だけじゃなく、体の中央の部分も熱くなって所在なく脈打っている。

しばらくは、ハルの部屋でじっとしている他なさそうだ。

◆　◆　◆

「ええっ！　フギンとムニンって結婚してるの?!」

ある夕暮れ時、今日は海が凪いでいますからとフギンとムニンに誘われた甲板でお茶を飲みながらイリスは思わず素っ頓狂《すとんきょう》な声をあげた。

フギンとムニンさえいなかったら、忌まわしい海賊が船上で優雅にお茶を飲むだなんて想像もできなかった。

ムニンが言うには実際、お茶を嗜《たしな》むような海賊なんてこの広い海のどこを探したっていないだろうということだった。どの海賊船も限られた積み荷の中でどれだけ食糧を切り詰めるかということに頭を悩ませているし、真水なんて酒よりも貴重なものだからだ。

もしムニンが水の研究をしていなかったら、酒を飲み慣れないイリスはこの長い船旅の中でひからびてしまっていたかもしれない。

「え、お前ら結婚してたのか」

イリスの声が大きかったせいで、そばで帆の手入れをしていた海賊が揶揄するようにこちらを振り返った。

ずんぐりむっくりとした体型の海賊はイリスの嫌悪する海賊のイメージそのもので、思わず緊張でビクリと身を強張らせてしまう。

しかしフギンが声をあげて笑うと、少し安心した。

「誤解を招くような言い方をしないでください。それぞれに、妻がいるという意味です」

帆の手入れをしていた男は豪快に笑って「そりゃそうだ」と言ったきり、再び手を動かし始めた。

まるでソーセージのような太い指を器用に動かして、分厚い帆を縫っていく。大きな体軀《たいく》に見合わないその仕種が興味深くて、ついイリスはそちらを窺ってしまった。とても近寄ることまではできないけれど。

「彼は以前、大きな漁船の漁師だったそうですよ」

イリスが気にしているのを悟ったムニンが、声を潜める。

「嵐で転覆した船から放り出されて生きるか死ぬかというところをヴァルハラに拾われた、と聞いています」

「そうなんだ……」

この船に乗り込んでいる海賊には、誰ひとりとして過去がないものなんていない。

そんなの、あたりまえのことだ。

今までイリスは海賊なんてみんな同じだと思っていたけれど、誰だってある日突然母親のお腹から髭がもじゃもじゃで声の大きい、大酒飲みの海賊に生まれつくわけじゃない。

子供の頃があって、周りの人に愛されて育って、様々な経緯の後に海賊船に行き着く。

今のイリスと同じだ。

もっとも、イリスは望んだわけでもない、やむにやまれぬ事情で乗り込んだわけでもないけれど。

だけど元漁師の海賊だって、できれば漁師の職を続けていきたかったかもしれない。強い太陽と潮風で傷んだ帆を大事そうに点検していく手元を見ていると、ただ純粋に海を愛しているように見える。

「――まあ、俺のカミさんは俺のことをもう死んだものと思ってるみたいだけどな」

イリスが男の丸い背中をじっと眺めていると、ぽつりと小さなつぶやきが返ってきた。

ムニンとの会話を聞かれていたのかと慌てて口を塞ぐ。しかし、男はカラリと笑ってイリスを振り返った。

「まあ、漁師の嫁なんて苦労かけるばっかりだからな。あいつが陸の男と幸せになってりゃそれでいいんだ」

大きな体を揺らして笑う男が、強がりを言っているのかそれとも本気でそう思っているのかまでは、イリスにはわからない。

しかし傍らに立ったフギンとムニンも揃《そろ》って首肯するのを見て、何も言葉が出てこなくなった。

「私たちの妻も同じです。家族を守るために奴隷船に詰め込まれた私たちが、よもや生きているとは思っていないでしょう」

「……会いに行ったりしないの？」

揃って同じ微笑みを浮かべるフギンとムニンを窺いながらイリスが尋ねると、視線を交わしあった後フギンが口を開いた。

「学者の妻であった彼女たちに、あなたの夫は海賊になったと言って会いに行くのですか？」

「！」

ぎくり、と背筋が強張ってイリスはそれきり口を噤《つぐ》んだ。

海賊なんてとしきりに嫌っているのはイリスだ。

フギンもムニンも、元漁師の男だって海賊である今の自分を恥じてはいないだろう。だけどイリスはやっぱりどこか海賊として見てしまっている。

一国の研究者だった夫が海賊となって戻ってきたら——海賊を嫌うイリスならばそのショックがわかるだろう、と暗に刺されたようなものだ。

心無いことを言った。

イリスは淹れてもらったお茶を樽のテーブルに置いて、深くうなだれるように頭を下げた。

「……ごめん」

「いえいえ、お気になさらず」

イリスの殊勝な様子を笑ったムニンが、お茶のお代わりを尋ねるようにコップに手を伸ばした。一方でフギンがすみませんと詫びながらイリスの髪を撫でる。

彼らはまるで、イリスの慣れ親しんだシスターたちのように思慮深くて、優しい。

日々船上で暮らしているうちに、なんだかそれに甘えてきてしまっている気がしてイリスは首を竦めた。

「そんなわけですから、陸には子供もいるのですよ」

結婚していたと語るよりもいくらか寂しそうな苦笑を浮かべたムニンの言葉に、イリスだけでなく、通りすがったまた別の海賊までもが「えっ」と驚きの声をあげた。

「お前ら、父親なのか？」

「見えない……！」

目を丸くしたイリスと肩にロープを担いだ若い海賊の声が重なって、思わず顔を見合わせる。

フギンもムニンも、イリスよりは年上だと思っていたけれどハルと大差ないくらいの年齢だと思っていた。ハルが何歳なのかも知らないし、イリスの友人でも結婚している人がいないわけではないけれど。

なんというか、想像できない。

海賊とも思えないくらい優雅で痩身《そうしん》、中性的なフギンとムニンが女性と愛し合って――子供までなしているなんて。

「てぇことは、アレか……お前らも子作りしたりするんだな」

「！」

感心しきりの海賊の声に、イリスは自分の胸の内を見透かされたような気がしてぎくりとした。

子供がいるっていうのは、つまり、そういうことだ。

にわかに頰が熱くなっているのはイリスだけのよ

うで、いつの間にかフギンとムニンが酒樽のテーブルの上で開いたお茶会の周りに集まってきた海賊たちは、特に揶揄の笑みを浮かべているわけでもない。

「ええ、まあ。私たちも男ですから」

「子孫を残すことは国の繁栄のためですからね」

フギンとムニンが穏やかに肯くと、反射的に羞恥《しゅうち》を覚えた自分が情けなくなってくる。

教会で育ったとはいえ、イリスは聖職者というわけじゃない。シスターたちは神と婚姻しているから男性と関係をもつことはないけれど、イリスが恋愛をするのは自由で、尊いことだと教えられてきた。

今のところそんな経験はないけれど、いつか大切な人と出会って家庭をもち、子供を作ることは神聖な行いだ。

それを、なんだか下世話な発想にしてしまうなんて。

フギンとムニン、そしてイリスを育ててくれたシスターたちに合わせる顔がなくてイリスは顔を伏せた。

「ちんこなんてついてないような顔してるのになあ」

ガハハと豪快な笑い声が聞こえて、どっと湧いた周囲の賑やかさにイリスは顔を伏せたまま硬直した。

海賊に囲まれている、ということを急に意識してしまった。

「お前のカミさんは最近どうしてるんだ?」

「あぁ、そういやそろそろガキが生まれてる頃かもな」

あけすけな会話を頭上に聞きながら、イリスは抑え難い焦燥感にかられて膝の上で拳を握り直した。

彼らがイリスに危害をくわえないことは知っている。イリスは――まったく納得いかないことだけれど――ハルが呼んだ客なのだし、そうじゃなくても

「亡霊船」の乗組員はイリスが思っているような海賊たちじゃないということはなんとなくわかってきた。

とはいえ、教会で育ったイリスはこういった露骨な会話に慣れていない。

成人男性が集まればこんなものなんだろうというこことは、イリスだって温室で育てられたわけじゃないんだから知っている。知っているけれど、苦手だ。それも、ただでさえ恐怖心のある海賊に囲まれて、なんて。

「あーぁ、女抱きてぇなぁ」

「っ!」

どこからともなく若い海賊のつぶやきが聞こえて、イリスはたまらずに椅子を立ち上がった。

べつに潔癖ぶるつもりはない。

ただ、誰とも知らない男の声に――ハルの顔が頭を過ぎって、反射的にそうしてしまった。

「どうした?」

傍らに立っていた初老の海賊に窺われて初めて、イリスは自分の顔が火を吹きそうなほど熱くなっていることに気付いた。

ハルがイリスの体にあんなふうに触れたのは地図のためだ――とは言っていたけれど、あの手つきはまるで女性に触れる時のそれだった。

女性の体に性的な意味で触れたことのないイリスにとっては想像でしかないけれど、たぶん、そうだ。

世の男性はあんなふうに女性に触れるんだろうか――とか、ハルは海賊の首領なのだからもっと荒々しく女性をものにするんじゃないかと思ったのにとか、そもそも男であるイリスをあんなふうに扱うなんて馬鹿にしてるとか。いろいろ考えるけれどそれ以上に、ハルの手つきを思い出すと鼓動の早くなる自分から目を背けたい。

「ぁ、の僕……——あ、そうだ！　包帯！　包帯取り替えてこなきゃ」

　フギンとムニンの気を使わせずにこの場を立ち去る方便を考えて、イリスは声を張り上げた。

「ああ、ドナルドの？　あんなもん舐《な》めときゃ治るよ」

「ドクターは優しいな」

　ドナルドというのは、先日ロープワークで摩擦のために掌を火傷《やけど》した青年だ。

　掌の皮が剝がれて膿《う》んでしまいそうだったから、咄嗟《とっさ》に真水で洗い流して少量の消毒液で手当したけれど、ますますドクターと呼ばれる羽目になってしまった。

　これくらいの傷は海賊をしていれば日常茶飯事だと他の人は笑ったけれど、イリスが怪我を見ていられなかった。優しいんじゃなくて、貧弱なだけだ。

　だけど生まれついての奴隷育ちだと話してくれたドナルドは「こんな手当を受けたのは生まれて初めてだ」と笑ってくれた。

　彼も、経済力のない小国に生まれて、労働力として使えるようになるまで育てられた後当然のように奴隷船に乗せられて「出荷」されたのだという。

　ヴァルハラに拾われたのは、彼が出荷された先でまた新たな奴隷を運ぶための船員をしているところをハルに攻め込まれたのがきっかけだと言っていた。

「大国のやつらは奴隷を奴隷に運ばせるんだ。海じゃ、何があるかわからない。船が大時化《だいしけ》に襲われたり座礁したり、それこそ海賊に襲われて身ぐるみ剝がされて餓死しようと、奴隷ならいくら死んだって惜しくはないからね」

　ドナルドはなんでもないことのように笑って言っ

た。

イリスは豊かな町に生まれ、奴隷を目の当たりにしたことはない自分を恥ずかしく思った。世界に貧富の差があるということはわかったつもりになっていたけれど、本当につもりでしかなかった。

「海で死んでしまうかもしれないなんてことはちっとも怖くはなかった。陸で豚みたいに太ったやつらにこき使われるよりは。海の上には自由があったからね。……だけど、自分みたいな子供を運ぶ仕事には本当に嫌気が差してたんだ」

怪我をしても笑っていたドナルドが、その時初めて表情を翳《かげ》らせた。

痛々しい傷を覆い隠すように包帯を巻いていたイリスも胸が詰まって何も言えないでいると、彼はそれを取り繕うように笑って、風を孕《はら》んだ大きな帆を見上げた。

「そんな時にヴァルハラが攻め込んできてさ。気がついたら、俺は必死になってハルと一緒になって奴隷を船倉から連れ出してた。ほとんどの奴隷が同じようにしてたよ。そのまま陸に逃げてくやつもいたけど……俺はヴァルハラに残りたいって思って、ハルに頼み込んだんだ。ここに残してくれって」

手当てを終えた後も、イリスはドナルドの前に座り込んだまま彼の話に聞き入っていた。

海賊の話を聞いていたいなんて、初めてだったかもしれない。ドナルドはハルやフギンやムニンとは違って、見るからに体の大きな海賊そのものだったのに。その時ばかりは少しも怖いとは感じなかった。

「海は好きだったし——それに、この船に残っていれば俺みたいな奴隷を一人でも多く救えるって思ったから」

「どうして、……ハルは、奴隷船を襲ったりするんだろう？」

　気付くと口をついてきた問いかけに、自分でも驚いたけれどドナルドも少しばかり目を瞠ってイリスを見つめた。

「さあ、俺は知らないけど。多分――」

　そこまで言いかけた時、操舵室からハルが出てきてドナルドは口を噤んでしまった。

「続きはキャップに直接聞いたらいいよ！　手当してくれてありがとう、ドクター」

　包帯を巻いたばかりの手をひらりと掲げたドナルドが踵を返すと、ハルがまっすぐイリスに向かって歩いてきて――その時は、ハルの部屋で妙な触られ方をしてから日も浅かったから、イリスも咄嗟に逃げ出してしまった。

　今度は地図を理由に何をされるかわかったものじゃない。

　そう思うと、ハルとまともに顔をあわせていたくない。海賊だからというよりも、ハルだからだ。

　どうやら、この船に乗っている海賊の中ではハルだけがイリスの地図のことを知っているらしいし。

　最近じゃ、イリスが地図を持っている――それも体の中に、なんてハルの嘘か勘違いなんじゃないかと思えてきた。勘違いならともかく、意図的な嘘だとしたらハルの本当の目的は何なのかわからない。

　とにかく、ハルが邪気のないような顔をして得体の知れない男だというのは確かだ。


　いつの間にかムニンのお茶を囲んでいた海賊たちを掻き分けるようにしてなんとかその集団を抜け出ると、イリスはドナルドの姿を探してマストの上の見張り台を仰いだ。

ドナルドは掌の怪我が完治するまでタッキングの仕事を禁じられ、見張りを主にするようになった。

ドクターに手当してもらったんだから悪化させるようなことはするなと甲板の掃除さえさせてもらえないばかりか、酒を呑むことも許されないとドナルドに愚痴られたのはつい三日前のことだ。

イリスからしてみたら怪我が治るまで養生するのは当然のことだし、酒くらい我慢すればいいと思うけれど、そういうことじゃないらしい。

「みんな、ドクターに手当してもらった俺が羨《うらや》ましいからからかってんだ」

と、ドナルドは笑っていたけれど。

たとえイリスの苦手な海賊だって、怪我をしないに越したことはない。だけど怪我をしたなら誰だって、自分にできる限りの手当てはしたいと思うだろう。

最低限の医療品が揃っているところを見るとイリスがさらわれて来る前から誰かしら手当てをしていたのだろうし、羨むようなことではないと思うのだけれど、よくわからない。

「ドナルド」

高いマストの見張り台に佇《たたず》んでいる人がドナルドなのかどうか、確信はない。

しかし逃げ出す口実に使ってしまった以上、イリスは目一杯声を張り上げて見張り台の上の人影に呼びかけた。

見張り台の男は、長い望遠鏡を取り出して覗き込んでいる。

イリスの声が届いていないのか、あるいは。

何気なくその望遠鏡が窺った先を振り返ったのは、イリスだけではなかったようだ。イリスを面倒見のいいドクターだと笑った海賊たちもそちらを振り返ると、――そこには一隻の帆船が近付いていた。

「北北西、キャラベル船一隻確認！　こちらに向かってきます！」

ドナルドがよく響く声をあげるや否や、さっきまで雑談に興じていた海賊たちが一斉に動き出してそれぞれの持場に向かっていく。ある者は操舵室へ、ある者は下層甲板へと駆けていった。

空気が一変して、緊張感に包まれる。

イリスは思わずその場に立ち竦んで、こちらに向かってくるという船影を見つめた。

「旗は見えるか」

その時、背後から凜《りん》とした声が聞こえて、思わず肩が跳ねる。振り返ると、そこには羽飾り付きの三角帽をかぶったハルが立っていた。

腰にはピストルとカトラスを提げて、既に臨戦態勢だ。表情も、イリスが今まで見たこともないような真剣な顔つきをしている。

そういう事態なのだ、と見せつけられた気がして急に肌が粟立った。

徐々に慣れ始めてきていたとはいえ、ここは海賊船だ。ただ海上で安穏と暮らしているだけじゃ生きていけない人間の集まりなのだ。

心臓が締め上げられるように苦しくなって、呼吸が浅くなる。

「旗は掲げていません！　砲台もなし、貨物船のようです」

「貨物船？」

ハルの険しい声と同時に、そこかしこから男たちの持ち場を確認する号令が聞こえてくる。

イリスの目にも、得体の知れない船が確かにこちらに向かってくるのがはっきりと見えた。小型なだけに速度は早いようだ。

ドナルドのいるヴァルハラ号のマストにも旗は掲げられていない。海賊は相手に合わせて偽りの国旗や海賊旗を掲げるという話を聞いたことがある。ハルがどうするつもりなのか、イリスはおそるおそる背後のハルを窺った。

「人影は見えるか」

「上層甲板に二十名ほど。恐らく、こちらに乗り移ってくる気のようです」

「わかった。降りてこい」

言葉少ななハルの低い声に、イリスは固唾《かたず》を呑んで自分の腕を押さえた。

ドナルドが縄梯子《なわばしご》を器用に伝って降りてくる。それを眺めていたハルが、小さく息を吐いた。

「奴隷船だな」

「！」

思わず声をあげそうになったイリスの肩をハルが摑んで、乱暴に引き寄せられた。

ドナルドも梯子の途中でハルの声を聞いて驚いたようだけれど、無事に甲板まで降りてくる。

「奴隷船が、助けを求めてきたってこと？」

肩を抱かれた手をそのままにイリスが尋ねると、いや、と首を振ったハルの表情がさらに険しさを増した。

こうして間近に見ると、ハルの顔はよく整っている。目尻は下がって彫りも深く、鼻梁《びりょう》も高い。笑っているとその大きな口にばかり目がいってしまうけれどこうして真剣な顔をさせるとおそろしいくらいだ。

イリスは思い出したように熱いくらいに体温の高くなったハルの体から離れたがって腕を突っ張ってみたけれど、ハルのたくましい腕がそれを許さない。

もしあの船が友好的な目的で近付いてきたわけで

はないとして――戦いになれば、ハルは本当にイリスを守るつもりなんだろうか。

それがこの腕の強さの理由なのだとしたら、信じていいものかどうか、躊躇《ためら》ってしまう。

あるいはイリスに残された地図――そんなものが本当にあるとして、イリスが死ぬ時に初めて現れるものだったらハルは簡単に約束を反故《ほご》してしまうだろう。

ハルが欲しいのは地図だけなのだから。

「この航路を奴隷船が通過することはほとんどない。輸出国と輸入国の最短距離じゃないからな」

見る見るうちに大きくなってくる船影に左目を細めたハルが、唸《うな》るようにつぶやく。

輸出しているのは貧しい国で、輸入しているのは産業に沸き、人手の足りない大国だ。

どちらを向いても陸の見えない海上で、イリスは今まで自分がどの海に浮かんでいるのかも考えたことがなかった。すぐにでもこの船を降りたいと願っているくせに、自分を乗せたこの船がどこに向かっているのかさえ興味を持たなかったなんて恥ずかしい。

イリスは振りほどけないハルの手を摑んだまま、押し黙った。

「本来なら通りかかるはずのない海域をふらついている奴隷船――」

ハルのつぶやきに、懸命のタッキングをしている海賊たちの声が重なる。風が強く吹いて、潮の香りに人の脂の臭いが混じって漂ってきた。奴隷船からだ。

イリスは帆の向きを見ても、この船が奴隷船に向かっているのかあるいは遠ざかろうとしているのかもわからない。

ハルは何も指示していないけれど、この船に乗っているクルーは全員キャプテンの思惑を理解しているようだった。

「――やつら、食糧が尽きたんだ」

「！　掠奪しに来るってこと？」

知らず、ハルの腕を掴む手に力がこもる。すると、それを見下ろしたハルがふと表情を和らげた。イリスを安心させようとしてくれたのかもしれない。

しかしその気遣いを掻き消すかのようにそばで砲台の準備をしていたドナルドが顔を顰めた。

「……ろくに武装もしてない奴隷船がこっちに向かってくるくらいだ。積荷の奴隷たちはもっと悲惨なことになってますよ」

ざわりと全身の毛を逆撫でられるような緊迫感が、あたりを襲う。イリスだけじゃない、ドナルドのつぶやきを聞き止めた海賊のほとんどが苦い表情を隠しもしない。

「イリス、お前は船室に隠れてろ」

肩を抱いた腕でそのまま部屋へ促されて、イリスは曖昧《あいまい》に肯きながら甲板の海賊たちを窺った。

乗りたくもない船にさらわれて、傷一つつけないと約束されたのだから当然だ。けれど、いざこの緊迫した状態になると自分だけが隠れているなんて心苦しくなってくる。

振り返ったイリスに気付いたドナルドが真っ先に、包帯を巻いた手をひらりと掲げた。

「ドクターが怪我したら、手当してくれる人がいなくなるからな」

明るいドナルドの声に、他の男たちも奴隷船を迎え撃つ手を止めて表情を綻《ほころ》ばせてはまったくだと賛同の声をあげた。

「多少海が荒れるかもしれません。船酔いにお気をようにと言ってつけて」

フギンもそう言って笑う。その隣でムニンが肯いた。

甲板に一瞬和やかさが戻ったように感じて、イリスはハルに押しやられる足を思わず止めた。

なんだか、変な気分だ。

イリスは海賊なんてとずっと思っていたし、可愛くない態度をずっと取っていたはずなのに。彼らはイリスをまるで仲間の一人のように気安く声をかけてくれて、一人船室に隠れようとしているイリスを笑って見送ってくれるなんて。

こんな状況で——こんな状況になったからこそ、イリスが今までの暢気《のんき》すぎるほど暢気だったヴァルハラ号の他愛もない日常をなんとなく居心地がいいように感じ始めていたことに気付いてしまった。

「いいか、静かになるまでドアを開けるなよ」

船室の扉を閉める間際、まるで幼い子供に言い含めでもするようにハルが告げた。

その眼差《まなざ》しは落ち着いているけれど、やはり心ここにあらずというように見える。

海賊船の中に唯一用意された自分だけの部屋で、いつもならここにいれば安心できるはずだった。ハルだってそのためにわざわざこの部屋を用意したと言ったくらいなんだから。

しかしイリスは、扉を閉めようとするハルに咄嗟に手を伸ばした。

「ハル」

扉の隙間《すきま》から、波の音が聞こえてくる。既に聞き慣れていたいつもの水音とは違う。船が近付いてくる音だ。イリスの心もざわついて、鼓動が早くなる。

イリスが声をあげると、ハルは扉をわずかに開いたままこちらを窺った。

何か言おうと思ったわけじゃない。反射的に呼び止めていた。

「大丈夫だ、お前に傷一つつけさせないから」

言葉をなくしたイリスが怖がっていると思ったんだろう。押し黙ったイリスに困ったような笑みを浮かべたハルが一度閉じかけた扉を開いて、腕を伸ばしてくる。

髪をくしゃりと乱されるように乱暴に撫でられると、イリスは顔を伏せた。

自分の体はハルにとっては大事な宝の地図なんだろう。それを守るのは、ハルにとっては当然のことだ。

それならば、イリスがハルに無事であって欲しいと思うことだって自分の身を守ってもらうために必要なことだ。

「……怪我しないように、気をつけて」

無意識に一度飲み込んだ言葉を吐き出すと、イリスは顔を上げた。

ハルがふと息を吐き出すように笑う。イリスが初めて会った時に見たような、ハルの屈託のない顔だ。

「ああ。がんばる」

まるで子供のような受け答えに、思わずイリスの頬も緩んだ。短く笑ったハルがまたイリスの頭上の掌を撫で下ろした時——甲板の砲台が、轟音をあげた。

「！」

イリスが息を呑むのと同時に、今度は否応なしに部屋の扉が硬く閉ざされた。

光が遮られ、薄暗くなった室内に扉一枚隔てた外の物音が鈍く響いてくる。

ヴァルハラ号は奴隷船が不用意に近付いてくることを避けたいのだろう、大砲の音が二発、三発。イリスが部屋に入るなり甲板はにわかに騒がしくなって、男たちの怒号が扉を震わせた。

砲弾を持って来いだとか、ボートの男を船に上がらせるなだとか。今まで聞いたこともないような荒荒しい声に、イリスは息を詰めた。

今まで海賊なんておそろしいし、馴《な》れ合う必要もないと思って必死に顔を伏せて耳を塞いできた。だけど、いつの間にか声を聴くだけで誰のものかわかる程度には乗組員の面々を覚えてしまっていたのだろう。こうして扉を隔てていても、誰が指示を飛ばし、誰が木の甲板を踏み鳴らし駆けずり回っているかがわかる。

それなのに、イリスはこの船に乗ってから今まで彼らのこんな一面を見たことがなかった。

海賊としての一面を目の当たりにしておそろしい——のだろうか。


轟音に震える扉にかけていた手に冷たい汗が滲《にじ》んで、イリスは知らず後退った。

鼓動が速くなって、呼吸が浅くなる。

その時船が大きく揺れて、外の声が一段と大きくなった。すぐに、カトラスのぶつかり合う甲高い金属音が響いてくる。奴隷船の人間が乗り込んできたんだろう。

知らず、イリスは両手で胸を押さえてその場に蹲った。

学校で友人が取っ組み合いの喧嘩《けんか》をしていた時だって、嫌な気持ちにはなったけれどこんなにおそろしくはならなかった。

大砲の音が止んで、代わりに銃声が断続的に聞こえるようになってきた。カトラスの音や怒声が近い。

いつこの部屋に踏み込まれるとも知らないし、もしイリスが無事にやり過ごせたとしても怪我人が出ることは確実だ。

　自分の隠れているこの船室のすぐ外で血が流れているのだと思うと息もできないくらいに鼓動が速くなって、イリスは押さえた胸をかきむしるように喘《あえ》いだ。

　浅い呼吸を弾ませすぎたせいで、過呼吸気味になっているんだというのはわかるけれど、自分でも止められない。揺れる床を転げるようにしてベッドに倒れ込むと顔を伏せる。布団をかぶって耳を塞いでしまいたくなるけれど、それで何から逃げられるわけでもない。

　怖くて縮み上がりそうなのに、押さえた胸が熱い。

　体中から冷たい汗が吹き出してくるのに大きく上下させた胸だけが、焼けるようだ。

　しきりにぶつかりあうカトラスの甲高い音が耳にわんわんと反響して、頭の中まで掻き混ぜられるようで気が遠くなる。

　怖い。怖い。自分に刃を突きつけられているわけでもないのに、いっそそうしてくれたほうがどんなに楽かと思うほど——他人が傷つけられていることが怖い。

「う、……ぁ、あっ」

　汗でびっしょりと濡《ぬ》れたシャツをかきむしって身を捩った時、ふと体の異変に気付いてイリスは目を瞠った。

　シャツの襟ぐりから、見たこともない赤みが走っている。

　叩きつけるような心音を抑えながら震える手で、胸を覗き込む。掻き毟った際についた蚯蚓《みみず》腫《ば》れのようにも見えるけれど、それは鎖骨からさらに下へと伸びていた。

　息を詰め、今度は下からシャツをまくる。

あたりにはまだ叫び声にも似た喧騒が飛び交っていて、そのたびにイリスは身を強張らせていたけれど、シャツをたくし上げた瞬間、恐怖さえも忘れるほど頭が真っ白になった。

「——……何、これ」

無意識に掠れた声を漏らして、見慣れたはずの自分の胸に浮かび上がっている紋様にそっと手を這わせる。

まるで火傷でも負ったかのようにヒリヒリと痛む肌が、線状に赤く隆起している。まさに蚯蚓腫れだけれど、こんなふうに引っ掻いた覚えなんてない。

たしかにさっきから胸は焼けるように熱くて、恐怖と焦燥で強くなった鼓動で張り裂けそうだった。

だけど、これじゃあまるで——……

「地図だ」

唇にのせてつぶやくと、全身の力が抜けてイリスはシャツを握った手をベッドに落とした。

自分の体に地図が刻まれているなんて、ありえないと思っていた。ハルの嘘か勘違いか、誰かの馬鹿馬鹿しい作り話だと。

だけどシャツの下にはどこぞの大陸の沿岸と島の場所、その中央に示された宝の在処を示す印がたしかに浮かび上がっている。

どうしてなのかはわからない。でも、地図にしか見えない紋様がイリスの胸を覆っている。ハルの言った通り。

あるいは、ハルに地図の話なんて聞かされていたせいでただの蕁麻疹《じんましん》が地図のように見えているだけかもしれない。きっとそうだ。イリスは頰を引き攣らせて自分にそう言い聞かせながらもう一度、シャツの中を窺った。

やはり、そこには地図のようにしか見えない紋様

がくっきりと浮かび上がっている。

イリスは自分が海に出るなんて考えたことがないから海図に詳しくないし、この地図がどの海を表しているものなのかわからない。ハルが見れば、きっとわかるんだろう。

「……っ！」

こうしてはいられない。

イリスは力の入らない四肢を叱咤《しった》して、すがりついたベッドを押しやり腰を上げた。

ハルにこの地図を見せさえすれば、イリスはもうお役御免だ。こんなおそろしい思いをするような海賊船から、無事降りることができる。

一体何人が乗り込んできたのかはわからないけれどいつもとは違う揺れ方をする船室の床を壁伝いに扉まで向かってから、イリスはふと躊躇した。

今、扉の向こうは戦いのさなかだ。

銃弾が飛び交い、カトラスで傷つけ合う男たちの野蛮な諍《いさか》いが繰り広げられている。

実際には見たこともないのに脳裏に鮮明に思い描くことができるくらいに吐き気を催すような光景だ。

そんなところに、何も持たないイリスが飛び出していったらあっという間に殺されてしまうかもしれないし、そうでなくても足手まといになってしまう。

もし——万が一ハルが敗けるようなことがあったら、ヴァルハラ号での今までのような生活は送れなくなるだろう。イリスを守る筋合いのない新たなキャプテンに、海賊の一員として労働を強いられ、陸には帰れなくなる。

ハルは強いんだろうか。

まるで少年みたいに無邪気に振る舞っていたかと思えば平気で人を脅すような真似をするし、クルーには尊敬されているようだけれど、地図のためならばイリスに不埒な行いをするようなよくわからない男だ。

イリスが今まで見た中では一番優男で、女好きのするような伊達《だて》男だ。とても強そうには見えないのに、イリスはハルの言う「無傷で帰す」という約束が信じられるような気がしている。

少なくともハルは本気でイリスを守るつもりでいるだろう。

イリスはシャツが擦れるたびにヒリヒリとした痛みを生む地図を見下ろして、扉の前でしばらく佇んだ。

ハルは頑張ると言ったんだから、敗けはしないんだろう。頑張っただけで敗けないならどの海賊だって命を落としたりはしないんだけれど、それでもなんとなくハルの死に顔は想像できない。

相変わらずカトラスのぶつかりあう音は近く、今にも誰かが傷ついているかもしれない。それはフギンやムニンかもしれないし、止むに止まれぬ事情で襲ってきた奴隷船の人間かもしれない。そのことはイリスの恐怖心を煽《あお》るのに、ヴァルハラ号の面々がハルを信じている、あの顔を思い浮かべると少しだけ気持ちが落ち着いてくるような気がした。

手をかけたままだった扉を離して、イリスは地図を覆い隠したシャツをぎゅっと握りしめた。

この戦いが終わったらハルにこの地図を見せて、イリスは晴れて町に帰れる。そう思えるからこそ少し恐怖心が薄れたのだろうか。

意識してゆっくり呼吸をするように努めながら、少しでも怪我人が出ないように祈りを捧《ささ》げようとした——その時。

割れるような音とともに、目の前の扉が押し開かれてイリスはその場に尻餅《しりもち》をついた。

「イリス！」

扉が開いた音とともにハルの声が飛び込んできた。

イリスの視界いっぱいに、血みどろの大きな体をした男が立ち塞がっている。ギョロギョロとした目で室内にめぼしいものがないか見回してから最後に、無様に床に座り込んだイリスを見下ろした。

「――……」

カサついた分厚い唇を歪めて、男が何か言ったようだった。イリスには聞き取れない国の言葉だ。

男の体を濡らしている血が彼自身のものなのか、誰かの返り血なのかもわからない。ただ、部屋いっぱいに生々しい血臭が満ちていく。

ハルが何か叫んでいる。

男の影がゆらりと揺れて、図太い腕が伸びてくる。むっとするような脂の匂い、血の匂い、潮の香り。イリスは硬直した体で逃げ出すこともできなくて、

――気付くと気を失っていた。

◆　◆　◆

ゆりかごに眠る夢を見た。

もしかしたら、母親の腕の中で揺られていたのかもしれない。両親を亡くすまでの記憶もないイリスには自分がどんなゆりかごで眠っていたのか、なかなか泣き止まない時には母親が抱っこしてくれていたのかも知らない。

だけどその夢はひどく幸せで心地よくて、あたたかかった。

――思わず目を覚ました時、頬が綻んでしまっているくらいには。

「イリス」

瞼《まぶた》をひらくとすぐに真っ赤な髪に視界を塞がれてイリスはぎょっとした。

「ち、近い」

咄嗟に顔を背けながら腕を突っ張ると、ハルは大きな安堵《あんど》の息を吐き出しながら素直にベッド脇へ腰を下ろしてくれた。

せっかくいい夢を見ていたのに目覚めたそうそう驚かされて乱れた鼓動を抑えながら壁を向いて寝返りを打つと、イリスは小さく声をあげて天井を仰いだ。

イリスの部屋じゃない。

木材もリネンもほとんど同じものだけど、何かが違う。

硬いベッドを押して上体を起こしてから気付いた。ハルの部屋だ。

「悪い。イリスの部屋はちょっとばかり汚れたから、緊急避難。キレイに掃除して空気の入れ替えも済んだら戻してやるから」

ハルが申し訳なさそうに首を竦めると、イリスは気を失う直前の噎せ返るような血の匂いを思い出して咄嗟に胸を押さえた。

「……！」

蚯蚓腫れが引いている。

襟ぐりを引っ張って胸を覗き込んでも、跡形もない。見慣れた自分の貧弱な体があるだけだ。

「ああ、服も汚れてたから着替えさせた。……ホント、悪い。お前を絶対に守るって言ったのに怖い思いさせたな」

もしかして地図が浮かび上がって見えたのはただの夢だったんだろうか。

シャツを摑んだまま呆然としたイリスがまだショ

ックを引きずっていると思ったのか、ハルがベッド横の椅子に座り直して、頭を下げる。

「普段なら、あんなに荒っぽい方法を選んだりしないんだ。今回はたまたまあっちが切羽つまってたから——てのは、言い訳だな。俺の注意不足だった。本当に、悪かった」

大きく開いた膝に両腕をついて、深々と頭を下げたまま低い声をまっすぐぶつけられるとイリスは思わず呆けた顔でしばらくその赤い髪を見つめた。

ハルは、頭を上げない。

ランプの中で芯が燃える音がジリリと音をたてた。

イリスが気を失ったあと、何がどうなったのかはまだわからないけれどイリスは今こうしてどこも痛むことなく、むしろ心地よい夢から起きたばかりで気分がいいくらいだ。見たところハルにも怪我はないようだし、もしかしたらあの戦闘自体夢だったのかもしれないとさえ思えてくる。ハルがそう言ったら信じてしまっていただろう。

すっかり窓の外は夜になっているというのに、ハルはイリスが目を覚ますまで自分のベッドを明け渡してずっと付き添っていたのだろうか。そんなもの、フギンやムニンに任せておけばいいのに。

イリスに謝るために付き添っていたのだろうか。

「あ、の……頭を、上げてよ。とりあえず」

イリスがぎこちなく言うと、ハルがおそるおそるといったように顔を上げた。

地図を守りたいだけなら、そんな申し訳なく思う必要はないのに。

海賊のキャプテンともあろう人がそんな情けない顔を浮かべて、何もせずに部屋に隠れていただけのイリスに深々と頭を下げるなんて——なんだか、おかしくなってきてしまう。

「そりゃあ、こんな船にさらわれなければ怖い思いもしないで済んだんだし、謝られたって謝り足りないくらいですけどー」

思わず噴き出してしまいそうになってイリスがわざとらしく憎まれ口を叩くと、ハルが真剣に恐縮して首を竦めてしまう。

きっとハルはポーズとしてそうしているわけじゃなくて本当にいたたまれない気持ちなんだろうけれど、それがおかしくてイリスはとうとう声をあげて笑ってしまった。

その様子にハルが困ったように眉尻を下げる。

ハルが謝っているのに憎まれ口を叩く「ただの地図」に気を悪くしたり、本人が笑っているのだから大したことじゃなかったかと一緒に笑い飛ばすような人だったらイリスだってこんなに安心したりはしない。

あんなに怖い目に遭ったのは初めてで、いくら掃除が完了して空気も入れ替えたと言われても自室に戻る勇気がない。夜、一人になって風に扉を叩かれただけでもあの血まみれの海賊がまたやってくるような錯覚に襲われるかもしれない。

だけど、大きな体を小さくしてうなだれているハルが本当に悲痛な顔をしているから。

あんなに屈託なく笑うハルを知っているからこそ、そんなに気にしないでよと思わず言ってしまいたくなる。さすがにそんなことは言えないけれど、イリスがいつまでも肩を震わせているとハルも苦笑するように肩で息を吐いた。

気持ちがすっかりほぐれてしまったところで、イリスは波の音しか聞こえない室外の様子に顔を上げて窓を見やった。

夜だからみんな休んでいるのか、それとも。

「……ねえ、船の人たちは無事？」

「どっちの？」

当然のことのように聞き返されて、思わずぎくりとする。

ヴァルハラ号の乗組員について尋ねたつもりだけれど、こちらが無事ならば相手は無事ではない――ということだ。

奴隷船に積み込まれていた人たちの安否も気になる。

イリスはにわかに緊張して、ベッドの上についた手をぎゅっと握りしめた。

「大丈夫」

誰の無事を尋ねたかったのか迷って、知らずハルの部屋の床に視線を落としていたイリスの髪をハルの暖かな掌が撫でた。

前髪の隙間からハルを仰ぐと、左目を細めたハルが微笑んでいる。

さっきまで親に叱られた子供のように小さくなっていたのに。

「誰もまったくの無傷というわけにはいかないけど、あっちのクルーも半分以上は降参してくれたし、乗せられてたやつらもメシ食って今はみんな甲板でのびのび寝てるよ」

ハルの掌が二度、三度と髪を滑り降りて、低い声が耳をくすぐると、イリスの肩から力が抜けてじわりと汗ばんだ拳が緩む。

もっとも、それが何でもかんでもいいことなのかはわからない。労働力を切実に欲して困っている人だっているんだろうし、手段はともかくとしてそういう人たちにとってはハルのしていることはたしかに忌むべき掠奪なんだろう。

それでも、良かったと思ってしまう。

イリスは奴隷になったことも奴隷を使う側になったこともない世間知らずだからそう思うだけなのかもしれないけれど。

「食糧は？　足りなくなるよね」

「気にすんな。ウチはなにせ亡霊船だからな。こういうことも想定して、アテはいくらでもあんだ」

椅子から身を乗り出して撫でている体勢に疲れたのか、ハルはベッドに座り込んだイリスの隣に腰を移した。

「ふーん……なんか、変な海賊だよね」

硬いベッドの隣にハルが座ると、なんだか落ち着かない気持ちになってイリスは首を竦めて床を見つめた。

ハルが声をあげて快活に笑う。

大体、いくら奴隷船を狙ったってお金にならないだろう。世の海賊は商船や金持ちの旅客船を襲っては私腹を肥やしているはずなのに。

こんなことばかりして、どうやって資金を調達しているのか——と考えて、イリスはハッと自分の胸を押さえた。

だからこそ、宝の地図が必要になってくるのか。

イリスの胸に刻まれたこの地図が、フギンやムニンやドナルドたちのような人を救うのだろうか。

「——……、」

とはいえ。

もう一度シャツの中をこっそり窺ってみても、さっきたしかに浮かび上がっていたはずの地図は見当たらない。

あんなふうに傷が浮かび上がるなんて、今となってみてはやはり信じられない。今まであんなことは一度もなかったのに。

「……ちょっと」

まるで何事もなかったかのように跡形もない胸板を覗き込んでいたイリスの額に暖かさを感じて顔をあげると、ハルが顔を寄せて一緒にシャツの中を窺っていた。

あわててその肩を押し返して、ベッドの上で距離を取る。

そういえばこの部屋で妙な触れ方をされたのはまだ記憶に新しい。

ハルと二人きりになったら何をされるかわかったものじゃない。そう思ってずっと避けていたっていうのに。

さすがにイリスが倒れたあとで妙なことはしないだろうと思うけれど。

「そ、っ……そもそも、どうして僕の体に地図が刻まれてるんだよ？　海賊の生まれ変わりかなんかなの」

地図があるなんて嘘だ勘違いだ、ということももはやできない。

できないけれど、納得もいかない。

地図なんてないと証明もできないままこの船に滞在させられるという心配はなくなったとはいえ、あの時どうして突然現れたのかもわからないし――何よりひどく、痛かった。

あの地図を見せさえすればイリスは無事に陸に送り届けてもらえるんだろうけれど、もしイリスが自由自在にあれを浮かび上がらせることができるとしても、ちょっと気が進まないくらいには。

「……まだ顔色が悪いな。今日は俺のベッドで休め」

シャツの胸を強く握りしめて表情を強張らせたイリスの頭をもう一度撫でて、ハルが腰を上げた。

「明日になったら怪我人の手当てを頼みたいんだ。

ドクター、よろしく」

「いや、だから僕はドクターじゃないって……！」

もう言い飽きたというほど繰り返した訂正にハルは笑い声をあげながら手をひらりと掲げ、自分の部屋をでていってしまう。

結局、どうしてイリスの体に地図が刻まれているのか教えてもくれないまま。

「……だから、信用できないんだよ」

いつもいつも、話すたびにやっぱり油断ならない男だ、と思わせられてしまう。

海賊の船長なのだからひと癖もふた癖もあって当たり前なのかもしれないけれど。

イリスは一人残されたハルの部屋で、微かに残された香水の香りを感じながらベッドに再び突っ伏した。

自分の部屋をイリスに明け渡して、ハルは今夜どこで眠るんだろう。

そう考えているうちにあっという間に眠りに落ちてしまった。

◆　◆　◆

「イリス様！」

翌朝、まだ空が白みはじめて間もないかという頃に目が覚めて部屋を出ると、既に身支度を整えたフギンとムニンが待ち構えていたかのように駆けつけてきた。

「お加減はいかがですか？」

「すぐに朝食をお持ちしましょう。それまで温かい湯を飲んで」

両隣をフギンとムニンに囲まれるとどこからともなく椅子まで用意されて、手には木製のコップに注いだ温かいお湯をぎゅっと持たされるとイリスは目を瞬かせた。

甲板には昨晩ハルが言った通り、見たことのない顔ぶれがたくさんあった。

女性も、子供もいてみんな痩せ細っていて、ほとんど服らしい服も着けてない。まだ眠っている人もいれば、イリスのようにフギンたちから勧められたのだろう飲み物を口にしている人もいる。

昨日はあんなにおそろしい戦場になっていたはずの甲板は、拍子抜けしてしまうほど穏やかな空気に包まれていた。

まだ空は霞《かすみ》がかかっていて薄暗いのに、それが余計になんだか優しい気持ちにさせる。

「あ、……あの、僕怪我人の手当てをしろって言われてるんだけど」

勧められた椅子に腰を下ろさずに怪我人の姿を探してあたりを見回すと、頭の羽飾りを揺らしながらフギンが首を傾げた。

「何を言ってるんです。イリス様だって昨日大変な思いをされたんですから、まずはご自身をお休めください」

「えっ？　いや僕は隠れてただけで、ドクターの真似事をするくらいしかみんなの役に——」

海賊の役に立とうだなんて今まで思ったこともないのに、そんな言葉が自分の口から飛び出てきたことにも驚いたけれど、急にフギンとムニンがその場に跪《ひざまず》くと、もっとびっくりしてイリスは目を瞠った。

「昨日、イリス様を危険な目に遭わせた責は私たちにもあります。おそろしい思いをさせて申し訳ありませんでした」

ぎょっとして口を噤んだイリスに頭を下げた二人の様子に、甲板にいる人たちの視線が一斉に注がれる。

フギンとムニンは見るからに知的だし仕種も優雅だし、誰が見てもひと目で高貴な出身の人間だとわかりそうなものだ。そんな二人が跪くなんて、イリスはどんな出自の人間と思われるか知らない。

緊張のあまり汗がどっと吹き出してきて、イリスは慌てて二人の前にしゃがみこんだ。

「ちょ、っ……！　やめてよ、べつに二人が悪いわけじゃないし」

「しかし、イリス様が何の武器もお持ちではないことを知っていたのですから真っ先にお守りするべきでした」

「こうしてイリス様がご無事でいるからいいようなものの……」

フギンとムニンの肩に触れると、二人はようやく緩やかに顔を上げてくれたものの、表情は冴《さ》えない。

昨夜のハルの様子を連想してしまって、申し訳ないけど少し笑ってしまう。

「僕、昨日のことはあんまりよく覚えてないんだ。情けないことに怖いっていうだけで気絶しちゃったから……でもどこも痛くないし、本当に平気だよ」

むしろ半日近くも気絶していたのにその後もハルのベッドを占領してよく眠ってしまったせいで、いつもよりすっきりしているくらいだ。

諍いで怪我を負って痛みで眠れなかった人も、捕らえた人を監視するために一晩中起きていた乗組員もいるだろう。

自分はさらわれてきただけだなんて言っていられない。イリスにできることをして、少しでも役に立ちたい。

はっきりと意識すると、なんだか力がみなぎってきた気がする。

「本当にお怪我がなくて何よりです」

イリスのやる気が伝わったのか、曇っていたフギンとムニンの表情が少しばかり晴れたようだ。

得体の知れないイリスの安否を本気で気遣ってくれるのは彼らの人柄が一番だけれど、ヴァルハラ号に乗り合わせているクルーはみんなそんなに大差ない気がする。

このあと怪我人の手当てに行ったらみんながどんな顔をしてイリスを心配してくれるだろうか――なんて想像すると、くすぐったいような気分だ。

「本当に……あの時キャプテンが飛び込んでいなければ、どうなっていたかと思うと」

「え？　ハルが？」

ムニンのゾッとするというようなつぶやきに、イリスは目を瞬かせた。

たしかに気を失う直前、叫びにも似たハルの声が聞こえたような覚えがある。

となると、あの時昏倒《こんとう》してしまったイリスを血みどろの男の手から守ってくれたのはハルだったのだろうか。

「ええ。あんなキャプテンは久しぶりに見た気がします」

何かを思い出すように小さく笑ったムニンとは対象的に、フギンは首を竦めて苦い表情を浮かべている。

「あんなって……？」

自分が気を失っている間に一体何があったのか、知りたいような知りたくないような複雑な気分だ。

暴漢から助けてくれたというのだから、穏やかな方法じゃないことは確かだろうし。

一度そう考えてしまうと、イリスの使っていた船室が汚れてしまったというハルの発言もなんだか不穏だ。

「あんな伊達男のような格好をしていますけれど、彼も海賊船のキャプテンをするくらいの男《ひと》ですからたしかに腕前は立派なものなんですが……」

「きっと、イリス様の部屋に踏み込まれて余裕をなくしてしまわれたのでしょう」

詳しくは話してくれないあたり、イリスはますます怖い想像を働かせてしまってしゃがみこんだ甲板に思わず尻をついた。

「余裕って……」

べつに、ハルはただイリスという地図を奪われまいとしただけだろう。

だけどそのイリスを守るためにどんなふうだったのか——自分から詳しく尋ねる勇気はない。

イリスがそっと青褪《あおざ》めたのに気付いたフギンが首を振ると、ムニンも肯いて返した。

「まあしかし、このところ腑抜《ふぬ》けていたように見えた我らがキャプテンがまだあんなに俊敏に動けたということが知れて安心しました」

「ええ、それは本当に。肉ばかり食べていて操舵室から動かないので足腰も弱ってしまったかとばかり」

ひと安心ですとしみじみ肯き合う双子を交互に見比べたイリスがぽかんとしていると、やがて二人がどちらからともなくいたずらっぽい笑みを浮かべたので思わずイリスも噴き出してしまった。

尊敬しているはずのキャプテンをそんなふうに揶揄してしまうなんてと思うけど、きっと彼らはこの場にハルがいても口を噤まずに続けただろう。

下手をしたら、他の船員たちも同意しかねない。

多分それは、ハルが本当に愛されているからだ。

「お～い双子、準備できたぞー」

気付くと甲板の隅に男三人でしゃがみこんで笑いあっていた背中に、間延びした声がかけられた。

ヴァルハラ号にやってくる前は客船の整備士をやっていたという初老の男性だ。みんなから父親のように慕われていて、いつも笑顔を絶やさない。彼も昨日の戦いで怪我をした様子がなくて、イリスはいつも通りの元気そうな姿にホッとした。

「何か仕事？　僕が何か手伝えることある？」

二人に続いてイリスも立ち上がって、掌で尻を払う。いつもはきれいに掃除されている甲板は、やはり昨日の影響でだいぶざらついていた。

「これから、陸に戻りたいという希望者を最寄りの港までお送りするんです」

「港へ？」

イリスが聞き返した時、船尾にある操舵室の扉が開いてハルが姿を現した。

肩にかけた真紅のオーバーコートを風になびかせ、頭には羽の付いた三角帽をかぶっている。

ちょうどその時、空を覆っていた靄《もや》が晴れて朝陽《あさひ》を覗かせるとハルの大きな体軀が逆光になってイリスはその姿に息を吞んだ。

「これで全員か？」

イリスには目もくれず甲板に肩を寄せ合うように集まった人々の前まで歩み寄ると、ハルは傍らについたムニンに尋ねる。

両肩にフギンとムニンを従えたハルの姿は威風堂堂としていて、それはイリスだけじゃなくその場にいた全員が見とれてしまうほどだった。

別室に捕らえられていた敵賊がヴァルハラ号の乗組員によって連れてこられるのを確認してハルは大きく深呼吸すると、まずたっぷりを間を取って人々を見回した。それこそ、何十人といる奴隷たちの顔を一人ずつしっかりと見つめるように。

「――お前ら」

しばらく経って、ゆっくりと重々しく開いた唇から低い声が漏れる。

優しく語りかけるような声じゃないけれど凛としていて、たった一言で惹き寄せられるようだ。

「ひどい航海だったみたいだな。大変だっただろ」

船首に集められた人たちの方を向いたハルの顔は、イリスの場所からは見ることはできない。だけど、きっとハルは少し微笑んで見せたんだろう。まだ幼い子供を抱いた母親がそれだけでわっと顔を伏せて泣き出した。

ついさっきまで表情らしい表情をなくしていた少年たちの目に生気がみなぎっていく。たった一言、ハルが労《ねぎら》いの言葉をかけただけで。

きっと奴隷船に詰め込まれてから今まで張り詰めていた緊張の糸が、切れてしまったんだろう。

「僚艦で、今からお前らを近くの港まで送り届けよう。俺たちはただの海賊だから、その先のケアまではしてやれない。ここから一番近い港がお前らにとって安全な町かどうかの確証もない」

顎を引いて語調を弱めたハルの言葉に、イリスはにわかに緊張して反応を窺った。もし自分が彼らの立場でそんなことを言われたら、不安になってしまうかもしれないと思ったからだ。

助けてもらった恩はあるから声こそあげないけれど、どの港に着くかもわからないと言われたら。

だけどハルを仰いだ瞳はどれも強い光を湛《たた》えたままだった。生きようとする意欲に満ちていて、それが逆に今まで彼らの詰め込まれていた奴隷船の劣悪な環境を物語っているように感じる。

ハルもその眼差しを感じ取ったのだろう。一度口を噤んだもののすぐに強く肯いて、腰に手をあてた。

「悪いな！」

大きく息を吸って胸を張ったハルがあっけらかんと付け加えるとイリスは思わず噴き出してしまった。驚くべきことに、さっきまで暗い顔を浮かべていた人たちの間にも笑いが広がっていく。

ハルの隣にいるフギンとムニンは困った人だというように苦笑していたけれど、一気に甲板の空気が柔らかくなった。早朝の冷えた体も暖かくなり、互いの存在を確認しあうように硬く身を寄せ合っていた人たちがゆるりとくつろいでいく。

「陸に届けた後の保証は何もできないが、希望があれば聞こう。一刻も早く陸に上がりたい者は今すぐ僚艦で送り届けるし、希望の港がある者はその近くを通りかかるまでこの船に滞在していてもかまわない。まあ、ここにいるうちは働いてもらうけどな」

今度は人々の間にざわめきが聞こえる。

そりゃそうだ。希望の港まで送り届けてもらえるなら安全な町を選ぶことだってできるかもしれないし、憧れの地に移住するチャンスでもある。彼らにそんな余裕があるかはわからないけれどちょっとした旅行みたいなものだと思うこともできる。

彼らが昨晩食事をふるまわれたように、この船にいる限り食べるのに困ることはないようだし。

「ただし」

自分たちの身の振り方にざわめいた面々に釘《くぎ》を刺すように口を開いたのは、意外にもフギンだった。まるで総統の補佐官のように厳しい声に、イリスまで背筋を正してしまう。

「この船にいる以上は海賊としての規律を守っていただきます」

「規律を破ったものは孤島への置き去りをはじめとした罰を受けることとなりますのでご覚悟を」

同じ声音でムニンが続けると、甲板に静けさが戻る。だけどそこに訪れた緊張感は、押し潰《つぶ》されそうな息苦しさではなく一種の覚悟のようなものだ。

とはいえ、イリスとしては複雑な気持ちだけれど。

船に乗っているといってもイリスはただのさらわれた身で、海賊の規律なんてものも知らされていない。もっとも、海賊になる気もないのだから守る必要はないのかもしれないけれど。

だけどきっとわざとそうしているのだろうフギンとムニンの強い口調を聞いていると、なんとなく座りが悪い。

「あーあと、女は船に乗せておくことができないから、まず下船してもらう。悪いな」

申し訳なさそうに首の後ろを掻いたハルが砕けた調子で言うと、思案気な顔の並ぶ奴隷の中で一人の女性が手を挙げた。まだ若く、両隣にそれぞれ年頃の違う子供を座らせている。

「子供だけでも船に乗せてもらうことはできませんか」

不揃いな長い髪を結いあげた女性の眼差しは強く、彼女が必死に自分の子供が生き延びるための方法を切り拓《ひら》こうとしているのが見て取れた。

最寄りの港がどんな場所かわからない状況で、自分一人ならばどうなってもかまわない。しかし子供だけでもこの船に乗っていれば生きていくことはできる——打算的といえばそれまでだけれど、彼女だって片腕に抱いた年端もいかない子供と離れ離れになんてなりたくないはずだ。手が微かに震えている。

だけど、生きてさえいればいつかはまた会えるかもしれない。

会うことは叶わなくても、この空の下、この広い海のどこかに子供は生きていると思えることが彼女の希望なんだろう。

イリスは母親の強さというものを目の当たりにして胸が詰まった。

イリスは母親のことを覚えていないけれど、彼女もこんな風に強く愛してくれたのだろうかと思うと。自分が今こうして海賊船に乗っていることを知ったら、天国の母は心配するかもしれない。

イリスは自分の腕をぎゅっと抱いて唇を噛みしめた。

「ああ、構わない。乳離れしてる子供ならいいだろう」

決死の覚悟を抱いた母親に対してハルはあっさり肯くと、他に質問はないかと人々を見回した。

船の上での仕事とは一体どんなものか、本当に希望の港まで連れて行ってもらえるのかなどいくつか質問があがり、結局ヴァルハラ号に残ることを決めたのは十余名ほどになった。途中でこのあたりの海域がどこなのか、最寄りの港の目安がわかったことで安心して僚艦を選んだ人も多い。

奴隷船を逃れてまた貧しい国に戻るのでは意味がないけれど、経済的に安定した国に逃げ込めるのならば陸に戻りたいという人のほうが多いんだろう。

結局先ほどの母親も子供たちと一緒に僚艦に移ることになって、イリスはほっと胸を撫で下ろした。

「じゃあ、頼んだぞ」

僚艦を監督するのはフギンとムニンらしい。

ハルに小型の僚艦を任されたフギンとムニンはいつも通りの穏やかな微笑みを湛えて恭しく頭を下げた。

僚艦に乗り込んだ人々の表情も落ち着いている。

航海士の読みでは一週間ほどで戻るだろうということで、帰りには食糧の補給も頼んであるという。

最大で順風十五ノットも出るという僚艦が見る間に遠ざかっていくのを、イリスは甲板からずっと眺めていた。

この船にやってきてからずっとそばにいてくれた二人がしばらく離れてしまうというのは少しばかり心細い。

いつの間にか太陽は頂上を過ぎて、ヴァルハラ号の乗組員たちは汚れたデッキを掃除するために大忙しだ。新たに増えた臨時クルーに仕事も教えなくてはならない。だけどみんなどこか浮足立って、楽しそうだ。

「……羨ましいのか？」

遠くなっていく水飛沫《しぶき》を眺めていると、イリスの背中を聞き慣れたバリトンボイスが叩いた。

「え？」

相手はハルだとわかっていたけれど、羨ましいという言葉に少しドキリとして振り返る。

ハルが隣へ立って、甲板の手すりを摑んだ。

風が吹いて、ハルの赤い髪が揺れる。イリスはさっきの堂々としたキャプテンとしての様子を思い出して、その横顔に双眸を細めた。

「お前だって早く陸に上がりたいだろ」

「ああ、うん……まあ、そりゃ」

思わず「なんだ」と返してしまいそうになって、自分でも驚いた。

陸に戻りたいことが第一に決まっているのに、今はただあの親子のことばかり考えていた。

彼らが陸に戻って、一緒に幸せで暮らすことができるといい。もしかしたら今日のことが原因で子供たちは海賊に憧れるような大人になってしまうかもしれないけれど、と思うとイリスは苦笑を漏らして隣のハルを小突いてやりたくなった。

　ヴァルハラ号に残った面々も知らずのうちに笑っているし、服装こそまだ違うからこそわかるけれど、これで月に二回の入浴を経て服装まで変わってしまったらもう誰が元からヴァルハラ号にいた人かわからなくなってしまうかもしれない。

　きっと、この船はこうやって乗組員を増やしてきたんだろう。

　だから誰もが新しくやってきた人の気持ちがわかるし、先の港までと思っている人ももしかしたらこのまま船に残ることになるかもしれない。

　イリスに限ってそんなことはないけれど、なんだか気持ちがわかってしまう。

　だけどそんなことハルに言えるはずもないから、イリスは手すりに腕をついて身を乗り出すと潮風を頬に受けた。

「まあ、でも……海は嫌いじゃないよ。きれいだし」

　朝陽を受けた海はキラキラと輝いてまるで宝石箱みたいだし、夜の海もゾッとするくらいに美しい。荒れると怖いけれど、小雨程度なら甲板に出て一日中眺めていられると思う。

　海賊はいまだに怖いけれど、ヴァルハラ号にいる限りは他の海賊に攻め入られない限り港町にいるよりも怖い思いをしないでいられるのかもしれない。

　ヴァルハラ号だって海賊船なのに、変な話だけれど。

「うん、海はいいよな」

　イリスが身を乗り出しすぎるとハルがその肩を引き寄せて、どこか嬉しそうに頬を綻ばせた。

「母なる海って言ってな、人間は海の中の生命が発展した結果陸に上がったって言われてる」

「ええ？　まさか。だったら僕たちはもっと泳ぎがうまいはずじゃないの」

シスターたちが言う通りアダムとイブが自分たちの始祖だと盲目的に信じているわけではないけれど、さすがに海の中で生まれたなんて考えられない。

人魚のように尾びれや背びれでも残っていればまだわかる。でもイリスは海に落ちたら呼吸もできないし、どんなに練習したって魚のように速く泳げる人はいない。

驚いたイリスの顔をちらりと見ると、ハルは快活な笑い声をあげた。

ハルが笑うと、甲板でロープワークを習っていた人たちがこちらを窺ったのを感じる。彼らにとってハルは太陽みたいに感じられるんだろう。実際、暗い船室に押し込まれていたところを解放してもらったようなものだ。

ハルの隣りにいるだけで周りの人の憧れの眼差しを感じて、イリスはちょっと距離を取った。

「でも、子供が産まれるまでは母親の腹の中にある水に浮かんでるだろ」

さり気なく距離を取ったイリスを訝しむように、ハルが首を傾げて顔を覗き込んでくる。

イリスはその顔を見返しながら、診療所で何度か見たことのある分娩の様子を思い出していた。

母親の大きなお腹の中から人間が産み出されるというのは何度見ても神秘的で衝撃的だし、たしかにその時水もたくさん出てくる。血が入り混じっているけれど、何故かあの時ばかりはその色がおそろしくは感じない。

「たしかに、そうかも……」

十月十日も自分の体内に子供とたくさんの水分を抱えて、いざそれを産むとなるとあんなにも苦しそうなのに、母親はみんな産まれたての子の顔を見るとこれ以上ないくらい幸せそうに笑う。さっきまで死にそうな顔をして痛みに耐えていたのに、そんなの忘れたような笑顔で。

母親にとって子供がどんな存在なのか、イリスにはわからない。

イリスは遠くの船を眺めながらさっき見たばかりの母親の顔を思い出していた。

ハルがどんなにか寛大な船長に見えたからといってあの中で一人、声をあげるのは決死の覚悟だっただろう。彼女が手を挙げてからはみんなが質問しやすくなっていたけれど、あの時の彼女には自分の子供たちのためならば自分などどうなってもいいと、そんな決意があったように見えた。

「――僕は、自分の母親を覚えてもいないし……」

知らずつぶやいたイリスの声に、ハルが金色の目を細める。

「俺もだ」

「え？」

ぎょっとしてハルを見ると、さっきまでイリスの顔を覗き込んでいたのに彼はもう手すりに背を預け、船員たちで賑わう甲板を向いていた。

「俺は赤ん坊の時に養子に出されてね。まあ名のある商家の息子だ。跡継ぎが欲しかったらしい夫婦にそりゃあ可愛がられて育ったんだ。だから育ててくれた親の顔ならなんとなく覚えてる」

はぁ、と間の抜けた相槌《あいづち》を打ちながらイリスはハルの横顔を眺めた。

名のある商家の息子なら、彼が海賊というよりも実業家や貴族のように見えても違和感はない。とはいえ、実業家や貴族よりもずっと無邪気で、子供っぽいところのある男だけれど。

ハルはいくつもの顔を持っていて、その時々でいろんな表情をするから摑めない。本人にその気がなくても、煙《けむ》に巻かれたような気持ちにさせられる。だけど、彼が嘘をつけるとも思わない。

地図だって、本当にイリスの胸にあったのだし。

「でも俺が六つの時に、夫婦の間に実の息子が産まれてね。俺の弟ってことになる。――でも、両親からしてみたら跡継ぎにしたいのは自分の血を分けた子供に決まってるだろう？」

口角を上げてこちらに同意を求めたハルの目は、だけどいつものように笑っているようには見えない。片方だけだけれど、それはなんだか寂しげに見えた。

本当に、子供のような人だ。

自分の気持ちを隠すことができない。

「子供を授かるんだったら養子なんて貰《もら》わなかったのに。またあの子をどこかへやってしまうか。そんな夫婦の会話、六歳なら理解できるよな。ほら、俺は聡明《そうめい》な子供だったから」

茶化した様子でハルが言っても、イリスは苦笑するくらいしかできない。

きっとハルは本当に賢い子供だっただろう。もしかしたら今とほとんど変わらないかもしれない。そう答えたら笑い話にできたかもしれないけれど、ハルの金色の目が暗く翳っていてとても言い出せなかった。

「そんな時、俺に転機が訪れた。両親がどんなつもりだったのか、今となってはわからないけど――二歳になった弟も連れて家族で周遊旅行に出かけようということになった。当時、俺は八歳。もしかしたら旅先のどこかで俺は捨てられるのかなとなんとなく思ってた」

「そんな」

思わず声をあげたけれど、ハルは首を竦めただけだった。

　彼がそう予兆するだけの何かがあったのかもしれないし、あるいは子供だからこそそう思い込んでしまっていたのか、それはわからない。

「父親の仕事も兼ねて、計五カ国。優雅な船旅だ。豪華客船で、食事は料理人のフルコース。金持ちの家の坊っちゃんだから特別にと操舵室にも入れてもらって、楽しい旅だった。……多分ね。今となっては、そんなにはっきり覚えてるわけじゃない」

　大仰に腕を広げて優雅な船旅を表現して見せてくれたけれど、最後に付け加えたのはきっと、嘘だ。

　豪華で贅沢《ぜいたく》な船旅だったんだろう。だけど、きっと少年の心にはその時既に埋められない空洞があったのかもしれない。何しろ、自分は捨てられるかもしれないという不安を抱いての船旅だ。手放しで楽しめたはずがない。

　ハルはそれをしっかりと覚えていて、だから覚えてないなんて嘘をついたんだろう。

「でもね、時は大航海時代だ」

　イリスがかける言葉を躊躇していると、不意にハルの目がギラリと光った。獰猛な獣のように。

「そんな豪華客船が暢気に航行していて、海賊の目に止まらないわけがない」

　不敵な笑みを浮かべたハルの語りに、気づけばイリスは身を乗り出してごくりと喉を鳴らしていた。

　甲板で仕事をしている船員たちもこちらに聞き耳を立てている様子を隠そうともしない。

　ハルはますます芝居じみた口調で遥か海を指し、こちらに向かってくる架空の海賊船を見やった。それは子供の頃に少年ハルの乗った豪華客船を襲った海賊船だろう。

「モービーディック号っていう、私掠船だ。もじゃもじゃと癖の強い髭を蓄えた男が船長で、僚艦を三隻も連れてこちらへやってくる。僚艦も大きくてね、堂々と海賊旗を掲げてくる。大きな豪華客船は逃げ出そうにも、僚艦に回り込まれて立ち往生だ。あっという間に海賊に取り囲まれてしまった」

　イリスは手すりを摑んだ手にじっとりと汗が滲んでくるのを感じた。今まさに自分が海賊船に乗っているというのに、やはり海賊に攻め込まれるという話は聞いているだけで気分が悪くなってくる。

　イリスの様子を察してかどうか、ハルはすぐにぱっと手を広げると、自分の立っている甲板を指して肩を窄《すぼ》めた。

「しかし、その船長はおかしな男でね。人に危害を加える気は毛頭ない。すまないが、暖かいスープと少しばかりのパンを分けてくれ、そう言ってくる。逃げ場をなくした豪華客船に無理やり乗り込んでくるでもなく。頭を下げて」

　すぐにでも海賊が大挙して乗り込んできたんだろうと想像をして震え上がりそうになっていたイリスは拍子抜けして、目を瞬かせた。

「……食糧が尽きたってこと？」

「そう。しかも、船に病人が出てしまって、彼に食べさせる分だけでいいから恵んでくれないかという。代金なら払う。——海賊のくせに、掠奪もせずに真正直に頼み込んできたんだ」

　なにそれ、とつぶやきながらイリスは肩の力が抜けるのを感じていた。

　僚艦を三隻も連れて立派な海賊団なのかと思いきや、ずいぶんと——普通だ。

　掠奪ではなく、ただの取引じゃないか。交渉に出た客船の乗組員も怪訝《けげん》に思ったことだろう。

「だけどその時、俺はチャンスだって思ってね」

唖然としたイリスの顔色を窺ったハルは再び声を低くすると、目を伏せ、唇に苦い笑みを浮かべた。

「俺が食事を届ける、と客船のクルーに申し出た。両親は止めてくれたけど、構わなかった。どうせ俺はいずれ捨てられるんだし、血が繋《つな》がっていないとはいえ弟も可愛かったからね」

甲板が静まり返る。

ハルが虚空に出した手に、温かいスープと一片のパンが見えるような気がした。それを運ぶ、八歳の少年。彼は毅然と背筋を伸ばして、船を移ったのだろう。

「見たこともないくらいもじゃもじゃの髭を生やした太っちょの船長へ食事を届けて、俺は、どうかこの船に乗せてくださいとお願いしたんだ。海賊にしてください、ってね」

スープとパンを運んだように見せたハルの手が降りると、イリスは大人になった少年の顔を見上げた。

ハルの微笑みはもう寂しげには見えない。無邪気な少年のものに見えた。

「自分の仲間のための食事を、掠奪ではなく頭を下げて頼み込める船長がひどくかっこよく見えたんだ。この人なら俺のことも大事にしてくれるかもしれないってね。……まあ実際はこき使われて大変だったけど、それでも船長は今でも俺の親父みたいなもんだって思ってるよ」

静かな口調で締めたハルがおしまい、と括《くく》ると甲板のどこからともなく歓声が聞こえた。

気付くと自分の持ち場の整備を終えた船員の手には既に酒の注がれたジョッキが行き渡っている。

「モービーディック号に乾杯！」

「ヴァルハラ号に乾杯！」

野太い声の乾杯が幾重にも響いて、ロープワークを習っている途中の新入りにまで酒が回っていた。まだ日は高いというのにあっという間に甲板は宴に早変わりだ。

「亡霊船に乾杯！」

ハルの昔話に自分が重なるところがある人も多いのだろう。乾杯の声はいつまでも止まず、イリスは気付くと笑っていた。

ハルにとってはきっと、自分が八歳まで生まれ育った家よりも海や船が故郷のようなものなんだろう。

奴隷船の人間を助けて亡霊船を運航させているのも、父親と慕ったモービーディック号の船長に憧れたからだ。きっとハルだって、自分の乗組員のためにどうしても食糧が必要になったら頭くらい平気で下げるに違いない。

そんなハルだからこそ乗組員もキャプテンのことを尊敬して、軽口も平気で叩く――家族のような存在なんだろう。

乾杯に湧く宴に飛び込んでいくハルの背中を眺めながら、イリスは小さく息を吐いた。

イリスにとっては教会が故郷だ。早くこの船を降りて、シスターたちに元気な顔を見せて安心させたいと思う。

だけど。

イリスだってずっと教会にいられるわけじゃない。シスターたちのことは大好きだし育ててもらった感謝はあるけれど――ハルにとってのヴァルハラ号のような、家族といえる場所ではない気がする。

食事もないのに盃を交わし合う賑やかな海賊たちを一歩離れた場所で見つめたイリスの頬を潮風が撫でていく。

あんなに嫌いだった潮風が、何故か懐かしく感じられる気がした。

◆　◆　◆

「わからない人だな！」

　思わず大きな声を張り上げて、イリスはハルを睨みつけた。

「わからないのはお前だ。俺がいいと言ってるんだから素直に従え」

「なんで僕があんたに従わなきゃいけないんだよ！　僕はここのクルーでもなんでもないんだぞ」

　ハルの部屋の外では、今夜の見張り番の話し声が低く聞こえている。しかしそれもイリスが苛立ちに任せて壁を平手で打つと、ぴたりと止んでしまった。

「クルーじゃないならなおさらだ」

　寝間着用のラフな生成りのシャツを着たハルが腕を組んでイリスを見下ろすと、腹が立つほどに威圧感がある。だけどその不遜な顔を怖いとは思わない。相手は海賊船の船長なのに。

「お前は俺の客人だ。丁重に――」

「僕はヴァルハラに招かれたわけじゃない。ハルにさらわれてきたんだ」

　唸り声さえあげそうな勢いでイリスが噛み付くと、ハルが一瞬言葉に詰まって、それから盛大にため息を吐いた。顎を上げ、険しい顔を浮かべていたハルが呆れたようにうなだれるとイリスは勝利を確認した。

「お前は本当に……ああ、まあ確かにお前は俺がさらってきた。でも、だからこそだ。海賊が陸からさらってきたんだから、いわば宝物だろ？　素直に俺のベッドを使え」

　肩を落とし、観念した様子を見せながらもイリスの部屋より少しばかり大振りなベッドを指したハルは意見を曲げない。

　甲板で今夜も繰り広げられた宴を離脱してハルの部屋に戻ってきたのはもうしばらく前のことだ。

　イリスの部屋はまだ匂いがこもっているという理由でまだハルの部屋に寝泊まりさせてもらっているけれど、ほぼ毎晩この調子で小一時間は睨み合いが続く。今夜こそは、敗けられない。

　奴隷船の襲来でイリスが恐怖のあまり倒れてしまってからもう五日も経とうとしている。さすがにもう病み上がりとは言えない。そもそも当日の夜からしてべつにイリスの体はどこも痛くも痒《かゆ》くもなかったのだから。

　イリスが自分の部屋に戻れないのだって、本当のところをいえば匂いだけが原因じゃない。

　一人になったら、またあの部屋に押し入ってきた血みどろの暴漢のことを思い出してしまいそうで怖かったからだ。ハルはそれを指摘せずに、イリスがいたいだけ部屋にいていいと言ってくれている。

　だからこそ余計に、図々しくベッドを使うような真似はできない。イリスがハンモックで眠ればいいだけだ。

「僕が宝なんじゃなくて、宝の地図だろ」

「生きた地図だ。大切に扱われろ」

　膠着《こうちゃく》した議論に業を煮やしたように、ハルが壁際のイリスに腕を伸ばしてくる。

　その腕に摑まれたが最後、暴れても噛み付いてもハルはイリスをベッドに放り投げるまで離してはくれないだろう。イリスが身を翻して逃げ出すと、更にハルが追いかけてきた。

「なんでそんなに聞き分けがないんだ、お前は！」

「あんたこそ僕の言う通りにしろよ！　僕の機嫌を損ねたら地図が見れなくなるかもしれないだろ！」

「お前の気持ち一つでどうにかなるものなのか？」

一瞬ハルの動きが止まると、今だとばかりイリスはハンモックに手をかけた。

いつかはハンモックに眠るつもりで、ハルに隠れてハンモックに寝転がる練習までしてきたのだから、準備は万端だ。

「だから、ベッドに寝ろって」

しかし、練習よりもずっと高いところに結び付けられたハンモックに乗り上がるまでもたついている間にハルの手に捕まってしまった。

ハルの身長に合わせてハンモックが設置されていたのが敗因だ。

案の定、両手でがっしりと腰を摑まれたイリスはどんなに足をばたつかせてもまるで荷物を運ぶかのように簡単にベッドの上へ乗せられてしまった。

唇を尖らせてハルの顔を睨みつける。ハルはベッドとハンモックの間を塞ぐように仁王立ちになると、勝ち誇ったように鼻を鳴らした。

その仕種がまるで子供のようで、思わず噴き出してしまいそうになる。

こんなことで盛大に不機嫌になるイリスも相当子供だという自覚はある。

「あーあ、明日はハンモックをもっと低いところに結び直しておこう。それでハルが戻ってくるよりも先に寝てよう」

仕方なくベッドの上にごろんと寝転がるイリスの様子を見ると、ハルがあからさまに安堵したように肯く。

何がそんなに満足なのか知らないけれど、ハルがホッとしたように笑っていると悪い気はしない。ハンモックで眠ると遠慮して駄々をこねたのは他でもないイリスなのだけれど。

「明日は見張り番だから、俺は夜いないぞ」

「えっ？　そうなの」

船長も見張り番をするんだということに驚いて、イリスは硬い枕《まくら》から首を浮かせた。

ランプを手にしたハルが、中の火を吹き消す前にイリスを振り返る。

「一人じゃ不安か？」

「べつにそういうわけじゃないけど……」

手繰り寄せた布団で顔を半分隠して、イリスは言葉を濁した。

怖い思いをした部屋で一人になるのとハルの部屋で一人になるのとでは気分が違う。だけど、不安かと尋ねられるとそんなことはないとはっきり言い返すことができない自分に驚いた。

ハルが冗談めかして笑ってくれたらムキになって言い返せたのだろうけれど、気遣わしげに優しく尋ねられたせいだ。

「お前が眠るまでは一緒にいてやるよ」

「っ、べつに大丈夫だってば。子供じゃないんだから」

ハルの声が甘い響きを帯びたように聞こえて、イリスはあわてて布団を頭までかぶった。驚きで鼓動が早くなる。

イリスがシスターに甘やかされて育ったことをハルに見透かされたようで恥ずかしかったし、ただの地図でしかないイリスに対してそこまでしてくれようとするハルの優しさがくすぐったかった。

あの日、イリスの胸に地図らしきものが浮かび上がったということをイリスはハルにまだ話してもいないのに。

　あるいは昏倒したイリスの胸をハルは確認しなかったのだろうか。もし確認していたなら、もうイリスは用済みだ。フギンとムニンが監督する僚艦に乗せて港に帰してしまえば、ハルは今夜も自分のベッドで眠れたはずだ。

　頭までかぶった布団の向こうで、ハルがランプを吹き消したのがわかった。

　イリスが乗り上がるのにあんなに苦労したハンモックへ軽々とのぼって、ハルが大きく息を吐く。

　僚艦が戻ってくるまで大きく移動するわけにもいかないので、ヴァルハラ号はほとんど停泊しているような状態で、甲板では毎日が宴会状態だ。

　人を降ろした後、港で足りなくなった食糧を調達した船が戻ってくるまでは食事量に不安が残るものの、人が増えたヴァルハラ号は賑やかになってみんな笑っている。

　まるでここはのどかな人工島だと口にする人もいた。

　船の上には貧富の差も人種の区別もない。それこそ船長であるハルが見張り番をするというくらいなのだから仕事もしっかり振り分けられているんだろう。

　奴隷として労働を強いられるばかりの人生になるところを救われた彼らにしてみたら本当にヴァルハラは楽園のように感じられるのかもしれない。

　べつにイリスだって、ここでの暮らしを楽しいと感じないこともないけれど。

　できれば自分にもちゃんと仕事を振り分けて欲しいと思うくらいだ。そうでもないと、肩身が狭いことこの上ない。

　みんなはイリスをドクターと呼んで慕ってくれて、

ドクターにはドクターにしかできない仕事があるからと言ってくれる。でもイリスが来るまでは怪我の手当は各自で済ませていたのだろうし、イリスにできることなんてたかが知れているのに。

　きっとハルがイリスを妙に特別扱いするから、周りに気を遣わせているのかもしれない。

　本来なら自分の部屋で眠れないイリスなんて他の乗組員と同じように下層甲板で雑魚寝でいいはずだ。

　もっともそんなことになったら、いくらヴァルハラのみんなは海賊らしくなくて怖くないと思っているイリスでも緊張してしまっていただろうけれど。

　イリスがこのところ落ち着いた気持ちで熟睡できているのは、ハルのそばで暖かい布団に包まれているおかげだ。

　いつか船を降りる時になったら感謝の気持ちを伝えたいけれど、今はまだなんだか気恥ずかしくて、言う気にはなれない。

　イリスが最後にありがとうと伝えたらハルはどんな顔をするんだろうと思うと、体を丸めたイリスの唇に笑みが浮かんだ。瞼を閉じて、ハルの顔を思い浮かべる。

　ハルはきっと少し驚いた顔を浮かべて、それから屈託のない顔で笑うだろう。船上での楽しかった思い出なんかも少し話すかもしれない。ハルは強引にさらったことをもう一度イリスに詫びて、――それからあっけなく踵を返して船に戻ってしまうだろう。

　ハルの生きる場所は海上で、イリスとは違う。

　こんなに広い海に出てしまったら、イリスがハルにまた会いたいと思うようなことがあってももう二度と会うことはないかもしれない。

　少なくとも、イリスがハルに会いに行くことなんて到底不可能だ。

イリスがあの港町にいる限り、ハルのほうから寄港することはできるかもしれないけれど。

もっとも、船を降りたイリスがハルに会う用事なんてないのだけれど、でもそれってなんだか不公平だ。

胸の奥にチクリと疼いた痛みに唇を尖らせたイリスは、それを押し隠すように更にきつく体を丸めた。

波の音に耳を澄ませていると、ゆっくりと睡魔が押し寄せてくる。既にハルの寝息は聞こえてきていて、波音と重なる穏やかな揺らぎに身を任せてイリスは眠りに落ちた。


甘く、暖かなゆりかごの中にいる。

優しい母親の子守唄を聴きながら、イリスは何の不安も心配も寂しさもない幸福な世界にいる夢を見ていた。

抜けるような青い空、笑いの絶えない家族。

イリスの夢に出てくる両親の顔は逆光になっていて見えないけれど、イリスは確かに愛されていて、幸せだったように思う。

「イリス、私の宝物」

母親が歌うように囁くと、隣から父親が顔を覗かせて「イリスは俺の宝だ」と茶化す。

二人の宝物だと二人は笑いあって、イリスはその笑い声に包まれていた。

これは夢だ。

こんな記憶が鮮明にあるはずないけれど、ゆりかごのようにゆらゆらと揺れる船上のベッドで眠っているおかげで不思議な夢を見るんだろう。

凪いだ海は帆船を揺らし、暖かなベットに包まれたイリスをあやすかのようだ。

遠くに聞こえる波音、微かな風の音。窓から滑り込んでくる潮の香り。

――そして、密《ひそ》やかな足音。

「ん……、」

見回りの当番が通りかかった音だろうか。

いつもなら気にもならないような物音でイリスが目を覚まして眠い目を擦ると、ハルがハンモックを降りて外の様子を窺っていた。

「ハル？」

尋ねると、自身の唇に人差し指を立てたハルの金色の瞳が暗がりで光った。

外からは足音だけじゃなく、くぐもった話し声が聞こえる。見張りの声じゃないのか。そう尋ねることも憚《はばか》られて、イリスは布団をぎゅっと握りしめた。

その時、割れるような鐘の音がヴァルハラ号に鳴り響いた。

「火事だ！」

悲鳴のような声があがるのと同時に、ハルが砲弾のように部屋を飛び出す。

扉のすぐ外で男の呻《うめ》き声が聞こえて、それまで静かだった船上が突然騒がしくなった。

「……っ！」

夜襲だ。

相手は知らない。ただ、既に船に敵が乗り込んできていて、あっという間に甲板が戦場になったことがわかる。

イリスは息を詰めて、とにかく冷静に以前の轍《てつ》を踏まないように行動することに努めた。

足の震えを抑え、ハルが飛び出していった扉に鍵《かぎ》をかける。とにかくイリスがハルや他の船員の邪魔にならないように、自分の身は自分で守る。役に立てないことは心苦しいけれど、ヴァルハラ号の船員はああ見えて意外と強いんだということもこの間の件でわかった。

大丈夫、大丈夫だと自分に言い聞かせながら、イリスはベッドの上に戻って身を縮めた。

扉の外では悲鳴に似た怒号が飛び交い、船も大きく揺れる。相手から砲弾が打ち込まれているのかもしれない。幸い、ヴァルハラ号に命中はしていないようだけれど海面が荒れて、天井も床も軋む音をたてている。

火事だと聞こえたけれど、火は大丈夫だろうか。寝込みを襲われて、みんなが怪我しないといいけれど。

イリスは船室に隠れていることしかできない自分に歯痒さを覚えながら、布団をかぶって気持ちを落ち着けることに専念しようと決めた。

さっきまで見ていた夢を思い返して、少しでも震えを抑える。

また恐怖で倒れでもしたら、ハルの心配症がますます悪化してしまうかもしれない。それを想像すると、少しおかしくなってきて呼吸がしやすくなるようだった。

「イリス？」

息を殺してベッドで蹲っていると、ふと頭上から聞き馴染みのない高い声が聞こえた気がしてイリスは目を瞬かせた。

カトラスのぶつかりあう音と大砲の轟音が響き渡る中で、妙に——気味が悪いほどに静かな声だった。

誰も居ないはずの暗い部屋で、何故かひどく近くに聞こえる。

「お前が……イリス？」

囁くような、耳にまとわりつくような声。

背中に冷たいものを感じながらイリスはゆっくり

とあたりを見回した。ランプをつけることができたらもっと気持ちが楽になるのかもしれないけれど、この揺れる船で無理にランプをつけようとすれば新たな火種になりかねない。

イリスは震えそうになる奥歯を嚙み締めて、暗がりに目を凝らした。

「……誰かいるの」

何もない室内に発した声が掠れている。

何者かが襲ってきたという報《しら》せを受けるまではこの部屋にハルとイリスしかいなかったはずだし、ハルが飛び出ていった際に何者かが転がり込んできたようには思えない。すぐに扉には鍵をかけた。

誰もいないはずなのに、声はすぐ近くで聞こえた。耳を澄ますと甲板での戦いの声がはっきりと聞こえてきて、イリスはまた背筋を震え上がらせた。その時、再び頭上から声が響いた。

「イリス」

「！」

声が聞こえた瞬間、勢いよく頭上を振り返る。

すると、暗闇《くらやみ》の中でらんらんと光る眼がイリスを射抜いていた。

ベッドを飛び退《との》き、壁から離れる。こちらを凝視していた眼はベッドの背後の窓から部屋を覗き込んでいた。

「だ、――……っ誰だ」

どうしてイリスの名前を知っているのか。

はっはっと短く弾む息を抑えながら虚勢を張って尋ねると、また船が大きく軋む音をあげた。その音はまるで船の悲鳴のようで、自分の体を握り潰されるかのように感じる。イリスでさえそう感じるんだから、ヴァルハラ号の乗組員やハルはもっと苦しいだろう。

「誰って――……言ったって、お前は知らねえだろ」

ククククッと喉を震わせるような笑い声が窓の外から響いてくる。

船室の外はひどく騒がしくてたくさんの怒号や叫び声が響いているのに、何故だかその冷たい声だけは妙に静かに、イリスの足元から忍び寄ってくるかのように聞こえる。

「どう、して……僕のことを知ってるんだよ」

窓からぎょろりと向けられた眼差しが不気味で、イリスの声が震える。

相手には聞こえないかもしれないけれど、とにかくこうして会話を引き伸ばしているうちに誰か気付いてくれるかもしれないし、あるいはこの間にも戦いは終結に向かっているかもしれない。もちろん、ハルの勝利で。

だから大丈夫だと必死に自分で言い聞かせて、イリスは窓から覗く眼を見返した。

「『どうして』……？」

ふとつぶやいて、窓から視線が消えた。

何が起こったのかとイリスが目を瞬かせようとした時、大きな亀裂《きれつ》音が室内に響いた。

「――な、……っ！」

暗い部屋に、鈍色《にびいろ》の光が差し込む。

息を呑んでそれを見つめると、再び生木の裂けるような大きな音がイリスの耳を刺した。次いで、木が――壁が破れて、外の喧騒が飛び込んでくる。

「っ！」

慌てて逃げ出そうとした時には、大振りのカトラスを両手に構えた細身の男の姿が壁の向こう側に姿を見せ始めていた。

カトラスを握った両腕に、蛇が巻き付いているように見えてぎょっとする。刺青のようだ。

「どうしてって、俺は、お前を探しに来たからに決まってるだろ？」

甲高い声を張り上げながら、男が両手のカトラスを壁に叩きつける。飛び散る木の破片を受けながら縺れる足を叱咤してイリスが扉に向かうと、自分でかけた鍵を解く手が震える。

「ずいぶん探したぞ、イリス？」

地を這い、恐怖で竦むイリスの背中を舐めるような男の声が近付いてくるようで、イリスはしきりに背後を振り返りながら急いで鍵を外した。

壁は半壊しているけれど、男はまだ踏み込んできていない。

扉から転げるように飛び出ると、――そこには見たことのない海賊たちがイリスを取り囲むように立っていた。

「……！」

獰猛な目をした男たちに見下されて、イリスはどっと後ろに尻餅をついた。

背後からは壁を突き破り、不気味な男が歩み寄ってくる足音が聞こえる。

ドッドッと鼓動が早くなり、この場をどう逃げ出せばいいのか必死に視線を泳がせるけれど隙間などない。

この状況に気付いた乗組員の、イリスの名前を呼ぶ声が遠くから聞こえる。しかしピストルの音やカトラスの打ち合う音も絶えず聞こえている。イリスを助けになど来れない状況なんだろう。

「さぁて、と」

自分でこの状況を打破する方法を考えていたイリスは、急に背後から腕を摑まれると思わず甲高い悲鳴をあげた。

「じゃあー、帰るか」

仰ぐと、片手にカトラスを持ったままの男がイリスをまるで荷物のように摑んで引きずって行こうとする。男は長細い体をやや猫背気味にして、相変わらず眼はらんらんと見開かれたまま、まるで瞬きもしない不気味な人形のような顔をしている。

　空がまだ暗いからというだけではなく顔に生気が見られず、長い髪はまるで濡れたカラスのように黒い色をしている。

「い、……っ嫌、だ」

　片手に剝《む》き出しのカトラスを持ったままの男に竦みもするけれど、このまま無抵抗のまま連れて行かれるわけにはいかない。二度もさらわれてたまるか、と自分を奮起させてイリスは自由なほうの手で甲板にしがみついた。

　引っかかりを覚えた男は一度冷たい目を振り向かせると、摑んだ腕に力をこめて乱暴にイリスの体を引き寄せようとする。

　本当に自分が運ぼうとしているのが意思を持った人間だと思っていなくて、荷物が甲板の釘に引っかかったくらいにしか感じていないかのようだ。

「嫌だ、って言ってるだろ！　離せよ」

　摑まれた腕を振り払おうとして身動《みじろ》ぐと、暗がりで男の三白眼がまたギラリと光った。

「っ、痛……！」

　摑まれた腕に、男の長い指が食い込む。まるで骨を折ろうとするかのように有無を言わさない力で。骨と皮だけでできているかのような細い体軀からは想像もつかないような力だ。

　しかし、男が引きずろうとしているイリスの体を一緒に抱えあげようとする者はいない。取り囲んでいる筋肉質な海賊たちはただ見守っているだけで、イリスの抵抗を止めさせようとするでもない。

男の腕さえ振り払えば、あるいは逃げられるかもしれない。

イリスが腕の一本くらい折れてもかまわないと覚悟を決めて拳を固めた時、暗い夜空に聞き慣れた声が響き渡った。

「イリス！」

「ハル」

反射的に、影しか見えないハルの姿を振り返る。

ハルだって自分をさらってきた張本人なのに、その声を聞いた瞬間、助かったという気持ちになった。この間だってハルはイリスを助けてくれた。

操舵室の屋根から降りてきたハルが腰のピストルを抜きながらゆっくり近付いてくると、イリスの腕を摑んだ男が上体を大きく揺らしながらハルを見遣《みや》る。ただそれだけで、なんだかぞっとしたものがイリスの背筋を走った。


「リュカ」

男と対峙《たいじ》したハルは肩で息をして寝間着は煤《すす》け、髪も乱れている。暗くてよく見えないけれど怪我もしているのかもしれない。だけど、男をリュカと呼んで見据えた立ち姿には鬼気迫る迫力があった。イリスでさえ、ぴくりとでも動こうものなら撃たれそうなほど緊張した空気が甲板を包む。

「イリスを離せ」

「お前、誰にもの言ってんだ？」

引き攣るような笑い声で応じた黒髪のリュカが、ついでとばかりにイリスの腕を手繰り寄せる。

リュカが腕に力をこめると、腕に描かれた蛇の刺青が蠢いた。まるでイリスを喰《く》おうとして舌舐めずりでもするようだ。

不意に甲板の上を引きずられたイリスが体勢を崩すと、ハルが素早くピストルを構えるのが見えた。

甲板に頬を擦りながらイリスは思わず息を詰めて、目をぎゅっと瞑る。

ハルはイリスを守ろうとしている。それはわかっているつもりなのに、咄嗟に恐怖心が突き上げてきて身が強張ってしまう。

自分が傷つけられる恐れよりも、目の前で人が斃《たお》れる想像のほうが怖いなんて我ながらおかしいけれど。しかも相手は自分を連れ去ろうとしている相手だ。

「ガキは高望みしねえで自分の船だけ守ってろよ。オヤジさんの大事な船だろ？　よーく燃えてるぜ……？」

にたり、とリュカの薄い唇が笑みを浮かべたのが暗がりの中でもはっきりと見えた。

たしかに、どこかはわからないけれど船頭のほうが明るい気がする。人の声もそちらに集中しているようだ。火消しに向かっているのか、それとも船尾はハルが一人でおとなしくさせたからなのかはわからない。

「船は壊れたらまた修理すればいい」

「地図が破られたら困るか？」

地図。

イリスはぎくりと身を硬くしてそっと胸を押さえた。シャツの下がチリチリと痛むような気がする。

リュカというこの海賊もまた、宝の地図が欲しくてイリスをさらっていくということか。

イリスの知らない宝なんて、誰が探し出したってかまわない。だけど、こんな目に遭うのは御免だ。だからといってどうしたら地図がまた浮かび上がってくるかもわからない。わかりさえすれば、こんな男に狙われるより先にハルに見せたのに。

「――……その地図は破らせない」

銀製のピストルを構えてまっすぐリュカを見つめたハルの面持ちは静かなものだった。

イリスは今まで暴力や殺意なんてものと縁遠い生き方をしてきたから、人が武器を構えた時はもっと荒々しい迫力に満ちているのかと思っていたけれど、それは違っていた。あるいはハルが違うというだけかもしれない。

「破るかどうかは俺が決めるんだよ、坊や」

一方のリュカは恐れた様子もなく、片手のカトラスを構えるでも、人質のように摑んだままのイリスに突きつけるでもなくハルを見くびるような笑みを浮かべたままだ。

そうしていればハルが引鉄《ひきがね》を引かないとでも思っているのかもしれない。二人がどれくらいの顔見知りなのかも、イリスにはわからない。この先一生知ることもないかもしれない。

ハルが照準を定めて引鉄にかけた指を震わせた。

「——……！」

イリスが顔を逸《そ》らし、目を瞑った瞬間乾いた銃声が響いた。ほぼ同時に、頭上で男の呻き声と甲板に何かの飛び散る音が聞こえる。それが何なのかは努めて考えないようにした。鉄の匂いが鼻を突く。

腹の底から込み上がってくるえづきを押さえようとして——まだ腕を摑まれたままでいることに気付いた。

それどころかまた乱暴に体を引きずられて、思わず頭上を仰ぐ。

リュカはべっとりと血を浴びてこそいるものの、どこも撃たれていなかった。

「リュカ！」

ハルが悲痛な声をあげるのと同時にどっと重い物が落ちる音がして傍らを見ると、ハルの銃弾に斃れた海賊が胸を押さえて喘ぐように息をしている。

「待て、っ」

イリスを追ったハルが再び銃を構えると、リュカを庇うように屈強な海賊が立ち塞がる。イリスを取り囲んでいた海賊たちが、人の壁になっている。

そうしているうちにリュカはイリスを甲板の端まで——時には転がすようにして無理やり連れてくると、下に停泊させた小型船舶を招いた。音もなくやってきた影のような船に連れ込まれまいと、イリスは手すりにすがった。

「ハル！」

どちらも同じ海賊だ。

だけど、同じだとは思えない。

イリスは手すりを摑んで叫びながら、背後のハルを振り返った。体の大きな海賊に囲まれたハルがカトラスを抜いて応戦している。ハルが人の命をなんとも思っていないなら、あのままピストルで何人でも排除すればリュカに辿り着けたかもしれないけれど。ハルは武器をカトラスに変えた。

一方で冷たい手でイリスの手を摑んだリュカは自分の仲間が身を挺《てい》して守ってくれたというのに見向きもせずに小型船舶の到着を待っている。

だから、——だから海賊は嫌いだ。

摑まれた腕から肌が粟立ってきて歯の根が合わなくなってくる。

「地図、……っ地図なら、いくらでも見せるから、もういいだろう、っ……！　僕はそっちに、行きたくないっ」

地図を見せる方法なんて知らない。いざとなれば胸の皮を剝いで差し出してもいい。でもこれ以上ヴァルハラ号を傷つけ、人の血が流れるのは見たくない。ハルだって怪我をしているかもしれないのに。

イリスを取り返そうとして必死に戦っている姿を見ると、胸が押し潰されそうになる。

「イリス？」

耳にまとわりつくような声が不意に耳元で聞こえたかと思うと、イリスは息をしゃくりあげて全身をぶるっと震わせた。リュカの顔を仰ごうとする前に、縮まった体に腕を回されてひくっと喉が鳴る。

「それは俺が決めることだ。地図は余計な口を利かなくていい。……わかったな？」

まるで、底の見えない深い穴倉から聞こえてくる悪魔の囁きのようだった。全身が氷のように冷えて、身動き取れなくなる。

硬直したイリスの体を抱きかかえたリュカが、下の船舶を覗き込む。

「行かせるか、……っくそ、退け！」

ハルの声が、どこか遠く感じられる。冷たくなった四肢に感覚もなくなって、浅い息を弾ませながらイリスはハルが無茶をして怪我をしないようにとだけ考えていた。

宝を他の海賊に奪われてしまっても、生きてさえいればどうとでもなるだろう。

イリスの胸に刻まれた地図が一体どんな財宝を示しているのか知らないけれど、こんなもののために命を落とすことはない。

イリスを抱えて手すりに乗り上げたリュカが、恐れることなくトッと飛び降りる。

遥か下に小さく見えるだけの船に、無事降り立てるかもわからない。まるで、真っ暗な地獄に落ちていくかのようだ。

「イリス！」

ハルの割れるような叫び声が聞こえたような気がした。

だけどその声を最後に、イリスの意識はぷつりと途切れた。

◆　◆　◆

「——……い、……おい」

　暗くて狭い、海の底に沈められた小さな箱に押し込められているかのようだ。

　波に弄《もてあそ》ばれる箱の揺れに、イリスはもうしばらく忘れかけていた船酔いを思い出して吐き気を覚えた。

「おぉい、イリス」

　間延びした声と、肩を揺さぶる冷たい手。

　そんな乱暴に起こさなくても、と眉根を震わせて眉を顰めてから——はっとして、瞼を開く。

「！」

　鼻先を押し付けるようにして顔を覗き込んでいたのは、青白い顔をした細面のリュカだった。

　一瞬で心臓が縮み上がって、飛び退こうとして——ささくれだった壁にしたたか背を打ち付けた。

「イ、……っ！」

　そんなに飛び上がったつもりはないけれどざらついた壁に背を擦られた痛みに身を捩って、初めて気がついた。

　両手首をロープで縛られている。

　船乗りのロープワークだ。咄嗟に腕を動かそうとしたけれど、びくともしない。手首から下がうっ血しそうなくらいしっかりと縛り上げられている。

　足首も同様だった。

　それどころか、——イリスが気を失っている間に服がすべて剝ぎ取られ、下着一枚という格好で船室の床に転がされている。

あまりの事態に唖然として、イリスは言葉を失った。

「やっと目が覚めたか……」

気怠《けだる》げな仕種で大きくため息を吐いたリュカが身を起こすと、ようやく間近で覗き込まれる圧迫感から解放されてイリスは船室に視線を走らせた。

まるで倉庫のように狭い部屋には、イリスとリュカ以外人はいない。ランプが入り口近くに吊《つ》るされて、揺れている。

船が走っているのか停泊しているのかもわからない。イリスがヴァルハラ号からさらわれてどれくらいの時間が経っているのかすら。

窓も何もない部屋は埃《ほこり》っぽく、壁や床がところどころ重油でも零したようにどす黒く汚れている。

天井も低く、立ち上がってイリスを見下ろしたリュカは背中を丸めている。結んだ長い黒髪が屈んだ背中を流れて肩から落ちてきた。

「地図はどこにある？」

薄い唇が裂けるように開いたかと思うと、気持ちが悪いほどの猫撫で声を紡いだ。

「しら、ない……知らないよ、地図なんて」

横倒しになった体で顔を背けると、イリスは自分の胸に意識を集中させた。

地図なんて、どうだっていい。それがどんな莫大《ばくだい》な財宝だとしてもイリスには興味がない。だけど、このリュカという海賊にだけは渡したくないような気がした。

「へえ、そうか。知らないのかぁ……」

ぼんやりとした口調で残念そうにつぶやいたリュカが、細い顎を掌でひと撫でして思案気に首を捻《ひね》る。

ともすればそのまま、じゃあしょうがないかとイリスを解放してくれさえしてくれそうな雰囲気すらある。とはいえ海の真ん中でもう用無しだと捨て置かれてもたまったものじゃない。

命乞《いのちご》いをするなら、地図はあるけれどどうしたら発現させることができるのかわからないとありのままを言えばいいだけだ。

だけどそんなこと、ハルにも言ってない。

ハルだってイリスを海上にさらってきたのだし、義理立てする必要なんてないのに。イリスがハルではなくリュカに初めてそれを告げたといったところで、ハルが怒ったり嫌な顔をすることもなさそうだ。

多分ハルなら、イリスが地図を引き換えにして生き延びたことを喜ぶような気がする。きっと彼はそういう男だ。

だからこそ、リュカには言いたくなかった。

かと言って死にたいわけではないけれど。


「……なぁんて、な」

ぼんやり天井を仰いでいたリュカが、突然ぐんと上体を屈めたかと思うとイリスの上に覆いかぶさってきた。

「！」

悲鳴を飲み込んで、汚れた床の上で腰を引く。床はなんだか湿っぽくて、服を脱がされたイリスの肌を妖《あや》しく舐めるようだ。

慄《おのの》いたイリスの白銀の髪へリュカの細長い指がゆっくりと――まるで見せつけるようにじりじりと伸びてくると、前髪を摑んで顔を上げさせられた。

瞠った眼が、リュカに縛り付けられる。

手足の自由も、顔を逸らすことも禁じられてイリスは体がガタガタと小刻みに震えだすことを止められなかった。

怯えていることを悟られることすら嫌なのに。

「お前が知ってるか知らないかなんてことはどおーでもいい。俺は地図を見せろ、と言ってる。わかるかぁ？」

静かな口調が、ことさらイリスの恐怖心を煽っていく。

尋ねているのではなく、強制だ。リュカは、そう言ってるのだろう。答えないなんていう選択肢は残されていない。

「――し、……知らないものは、どう、どう……しようも、ないだろ」

知らないのは本当だ。

地図が浮かび上がったことはあるけれどすぐに消えてしまったし。これればかりはどんなに強いられてもどうしようもない。

話せるものなら、こんなおそろしい船にさらわれる前に話していた。

ヴァルハラ号は今頃どうなっているだろう。火災で大きな損害を負って航海ができないようになっているかもしれない。怪我人はたくさん出ただろうか。きっとイリスがいなくても医療品さえあれば手当てはできるだろうけれど。

ぎょろぎょろとしたリュカの眼から視線を伏せ、努めて別のことを考えるように気持ちを紛らわした。何か考えていないと、おそろしさで気が変になってしまいそうだ。

だけど脳裏に過ぎるのはヴァルハラ号のことばかりで、長い間過ごした港町でのシスターとの暮らしはなんだかひどく遠い日のことのように思えてしまう。

「俺は気が短い」

呆れたようにため息を吐いたリュカがイリスの髪を鷲掴《わしづか》みにした手を揺さぶると、ただでさえも船酔いを覚えた脳が揺れて吐き気がこみ上げてくる。

イリスが嘔吐《おうと》しそうになって背中を波打たせると、リュカが小さく笑ってようやく頭を揺らす手を止めてくれた。

「気の短い俺が、今日まで待ったんだ。これ以上は待たせるなよ？」

そんなの知ったことかと言い返してやりたい気持ちをこらえて、イリスは押し黙った。

知らないものは知らない。これ以上言えることなんて何もない。無駄に口を開いて相手の怒りを買うのは賢くない。

「イーリース」

きつく口を噤んだのが面白くなかったのか、リュカは間延びした声で囁きながらイリスの膝に手をかけた。

膝頭を摑み、足首を縛られたイリスの腿《もも》を開かせて間に自分の体を滑り込ませてくる。すり寄せるように。

「……！」

ただでさえ服を脱がされて不愉快なところに抵抗できないまま足を大きく開かされるのも屈辱的だし、内腿の柔らかな皮膚をリュカのゆったりとしたシャツで撫でられると全身が粟立った。

「俺の手に堕ちたからには、お前は生きるも死ぬも選べないんだぜ？」

「……殺したいなら、そうすればいいだろ」

もう既に、生きた心地なんてしてない。

こんなふうに苦しめられるくらいならいっそ殺せばいいというのは本音ではあった。身の毛もよだつような拷問にかけられるくらいなら、いっそ殺して欲しい。

「殺したら地図が手に入らないと思って強がってる

のか」

首を傾け、イリスの視線を覗き込みながらリュカが腰のカトラスに手をかける。

イリスは瞼を瞑って視界を閉ざし、怯えを悟られないようにしながらも浅い息を繰り返していた。冷たい汗がじっとりと滲んできて、鼓動が早くて息苦しい。

「生きたまま指を一本ずつバラして、魚の餌にしてやってもいいいな……」

「ぉ、ど……っ脅されたって、知らない、んだから……っどうしようも、ないっ。あんたが、無駄な労力を、使うだけだ」

顎を引いて、震える奥歯を嚙みしめる。

まるで無実の罪で裁判にかけられているかのようだ。

リュカの言う通り、たしかにもうイリスに自分の生死を選択することなんてできないんだろう。せいぜい、楽に殺してもらうことを乞うくらいしか。

「ぼく、僕、はっ……地図のことなんて知らないんだから、そこに何があるかも興味がない。きょ、興味がないものをあんたに渡すくらい、できるなら、とっくにしてる」

「あぁ、たしかに」

意外なくらいあっさりと認めて、リュカが短く笑った。

その直後、突然なま温かい濡れたものが頰を撫でて、イリスは大きく肩を震わせながら目を開いた。

リュカの吐息がイリスの乱れた髪を揺らしている。

頰を、リュカの舌がなぞっていた。

「な——っ……なに、やめ……っ！」

肩をばたつかせ、嫌悪感に精一杯顔を背ける。しかしそうすればするほどリュカが体をすり寄せてイリスの顔を追ってきて、のしかかられた体が重たい。

「イ、や……っやめろよ、っ気持ち悪……っ」

「お前の言う通りだなぁ、イリス？　でもそれじゃ困るんだよ。この船はどこに向かえばいい？　お前が決めるんだ」

なぁ、と妖しく囁きながらリュカが手にしたカトラスをイリスの胸に滑らせる。金属の冷たさが肌を撫でると、イリスは喉をひくっと震わせて震え上がった。

いっそこの刃に自分から体を突き立てに行けば楽になれるのかもしれないけれど、体が強張って動けない。それ以上に、リュカの体がすり寄せられていて身動きも取れない。

そうしているうちにもリュカの舌がイリスの頬から首筋へと滑り降りていく。

リュカもハルと同じように、こうしていれば地図が浮かび上がるかもしれないとでも思っているのだろうか。そんなことは既に無駄だとわかっているし、——それに何より、ハルにそうされた時よりもずっと体が冷えている。まるで氷のように。

ハルはイリスの体をまるで女性でも扱うように触れたけれど、リュカのそれは違う。例えるなら、獲物を前にした蛇のようだ。

「知らな、っ……や、めっ」

胸の上を撫でたカトラスがゆっくりと下肢に向かい、イリスの下着をその刃先にかけようとした時。

船室にノックの音が響いた。

「お頭」

野太い声とともに扉が開くと、黒く日焼けした海賊が入ってきた。

ハッとしてイリスが顔を上げると扉の外はまだ空が白み始める前のようだった。ヴァルハラ号を降りてからまだそんなに時間が経っていないのか、あるいは丸一日気絶していたのかはわからないけれど。

部屋を訪ねた海賊がリュカの部下だということはわかっていても咄嗟に助けを乞いそうになって口を開いた瞬間、目の前で刃が閃《ひらめ》いた。

「っ！」

短く声をあげたのがイリスなのか、あるいは名前も知らない海賊なのかはわからない。

その声は鈍い音に掻き消されて、その後ゆっくりと、大きな体がその場にくず落ちていくのをイリスは呆然と見つめていることしかできなかった。縛り上げられていなくても同じだっただろう。一体、何が起こったのか理解できなかった。

何がしかの報告に訪ねてきた海賊の胸には、次の瞬間リュカの手にあったはずのカトラスが突き刺さっていた。

きっと扉を開いた彼も何が起こったのかわからなかっただろう。血が溢れてくるまでの数秒間、その表情は驚きに彩られていた。

「ぁ、っう……ぅあ、あ……！」

しばらく経ってから痛みに呻く男の声が扉の方から聞こえてくる。痛みに喘ぎ、床を掻く音。血の匂い。くぐもった声と一緒に男が暴れている音が聞こえて、イリスは体を起こそうとした。

カトラスはまっすぐ、彼の左胸を突き刺していた。もう助けることはできないかもしれないけれど、それでもじっとしていられなかった。

頭が真っ白になって、起き上がろうとするイリスを押さえるリュカの手に噛み付いて振り払おうとする。

リュカにしてみればイリスが開いた扉から逃げ出そうとしているように見えたかもしれない。でも、そうじゃない。海上の船から逃げ出す方法なんて知らない。

「おとなしくしてろ！」

頭を硬いもので殴りつけられて、イリスは起き上がろうとしていた体を再び床に縫い付けられた。

イリスの頭を殴ったのは、黒光りするピストルだった。

それでも、恐怖より先に涙が溢れてくる。

「――……っ、どうして」

扉を開いたのはヴァルハラの船員じゃない。だとしたら、きっとリュカの船の乗組員に違いない。それを、どうして。

しばらく床を打っていた男の動きが次第に力なくなっていき、最後に大きく痙攣すると再び船室に静寂が戻ってきた。

波の音だけがあたりに響く。


吹き込んでくる潮の香りに血の匂いが交じると、イリスは吐き気を覚えて床に顔を伏せた。

「どうして？　そんなもん決まってるだろ。俺の邪魔をしたからだ」

「でも、あんたの……仲間、だろ」

「仲間？」

リュカはこらえきれないというように声を震わせながら聞き返したかと思うと、高らかに笑い始めた。甲高い笑い声が狂気を帯びているようで、ゾッとする。

「仲間なら尚更《なおさら》だろ。宝の地図を手に入れれば自分の海賊団が潤うっていうのにそれを邪魔しに来たってことは海賊団の利益を阻害したも同然だ。ああ、こいつが入ってくるより前にお前が地図を見せてくれていれば死なずに済んだかもしれないのにな？」

さっきまでの気怠い口調とは裏腹に急に饒舌《じょうぜつ》にな

ったリュカは時折引き攣るような笑いを交えながら、何度もイリスの頭を銃口で小突くように殴った。

船が大きく揺れ、突きつけられた銃口に視界を揺らされて目眩がひどくなる。噎せ返るような血の匂いも、斃れた男の胸から血が広がっているのだろう、どんどん強くなる。顔を伏せた床にあった黒い染みも、もしかしたら誰か他の人間の血なのかもしれない、と思うとイリスはえづいて体を丸くした。

「イリス、お前がこいつを殺したんだ」

回る視界、頭から血が下がるような朦朧《もうろう》とした意識の中でリュカの囁き声が催眠術のように聞こえる。

「お前が——地図を……」

途切れ途切れに聞こえるリュカの声に、閉じた瞼の裏にチカチカと閃光《せんこう》が瞬くように青い空や広い海が浮かんでは消える。

死の際に人はこれまでの人生を振り返るような映像を見るというから、もしかしたら自分はこれから死ぬのかもしれない。吐き気がこみ上げてきても口を掌で覆うこともできずに床に額を擦り付けたイリスが、朦朧として思わずごめんなさいと漏らしそうになった時、不意に肩を摑まれた。

思わず、悲鳴が漏れる。

だけど今更リュカがイリスの悲鳴なんかに気を止めるはずもない。背中に跨《また》がった体を退けて、まるで布切れでも引っ張るようにして乱雑にイリスの体を反転させるとリュカが三白眼を見開いて笑った。

「お前、——……なんだ、これは」

青白かったリュカの頰が紅潮している。

その視線はイリスの顔ではなく、——首より下、胸に注がれていた。

「……!」

地図が、胸の上の蚯蚓腫れがうっすらと浮かび上がり始めていた。首を起こして自分の胸を見下ろすと引っかき傷のような赤い跡が見る間に濃くなって痛々しいくらいに腫れてくる。

どうして、こんな時に。

イリスが泣きたいような気持ちで顔を逸らすと、リュカが立ち上がって船室の扉から声を張り上げた。

「進路を変更だ！　南南西、ビフレスト諸島へ向かえ」

リュカの声に対する操舵手の返事は聞こえない。しかしリュカはそれだけ言うと自分が殺害した男の亡骸《なきがら》を部屋から乱雑に蹴り出して再びイリスのそばへ戻ってきた。

「――……もう、用はないだろ」

吐き出した声は、自分でも驚くほど掠れていて無気力で、弱々しく震えていた。

地図さえ手に入れれば、あとは他の海賊にそれを知られないよう破り捨てる。それくらいのことを、この男ならするだろう。

イリスはもうおそれや悲しさや怒りもなく、ただぐったりと汚れた床に身を横たえているしかない。

ハルにさらわれて間もない頃はどうして自分がこんな目に遭うのかとばかり考えていたけれど、もう自分の運命を恨む気もないし知りたいとさえ思わない。

どうせもう間もなく自分は、あの名前も知らない海賊と同じように物を言わない、何も考えられない遺体となって海に沈められるだけだ。

「すごいな、こりゃあどうなってんだ？」

リュカの耳にイリスの力ないつぶやきは届かなかったのかもしれない。あるいは聞こえていても、どうだっていいことなんだろう。

ようやく欲しがっていた地図を手に入れて満足そ

うに見下ろしたリュカが、うっとりと双眸を細めながらイリスの胸へ掌を這わせる。

「っ……！」

膨れあがった蚯蚓腫れに冷たい手が触れるとそれだけでピリピリとした痛みが走って、脱力していたイリスの体が思わず震える。

驚いて手を引くようなリュカじゃない。イリスが痛みに顔を顰めても構わずに、大陸の沿岸を示すかのような線へ爪を立ててなぞった。

「イ、……った」

殴られたり、押さえつけられるような強い痛みじゃない。しかし傷を抉《えぐ》られるような不快感にイリスが身を捩るとリュカが紅潮した顔に笑みを浮かべた。

「ハハ、こんな風に地図を隠すなんてな」

おかしくてたまらないというように声をあげて笑うリュカの手が、イリスの胸の上をまさぐるように撫でていく。

奥歯を噛み締めてこらえようと思うのに、頭の天辺まで突き抜けるような鋭敏な痛みにじっとしていられない。イリスは背筋を断続的に震わせながら、床の上でのたうった。

「よく考えたもんだ、あの男も」

ククククッと喉を鳴らして笑ったリュカが零した言葉にイリスが目を瞠った時、不意に胸の上を這っていた指先が突起に触れた。

「っ、！　……男、って」

一体誰が、どうしてイリスの体に地図を隠したりしたのか。

聞き返そうとしたイリスの胸の上の突起をリュカがきゅうっと強く摘み上げた。

「イ、っう……！」

思わず背を仰け反らせ、足の先まで痙攣が走る。

傷を抉られるのとは違う、妙な疼きにも似た感覚が全身を走ってイリスはいやいやと首を振った。それを見下ろしたリュカが目を眇《すが》める。

「なんだ、スペクターに聞いてないのか？　誰が一体、お前をこんな目に遭わせてる張本人か、を」

ぐっと背中を丸めたリュカがまた顔を至近距離に寄せてくると、イリスはそれを避けようとして床の上を身動いだ。しかしそれも、つままれた胸の上のものを引っ張り上げられるとどうすることもできない。

そんな豆よりも小さなものを指先で捉えられているだけなのに、どうしてか痛みともくすぐったさともつかない、妙な感覚が力を奪っていくようだ。

ハルが地図を探すために触れた指先とは、まるで違う。違うのに、嫌悪感に目を瞑ったイリスの瞼の裏にはハルの顔が浮かんでいた。

痛みと無力感で、涙が滲んでくる。

「そん、……っそんなこと、ハルは」

答えてはくれなかった。

いつも地図のこととなると話をはぐらかされていたような気がする。地図を手に入れたいなら、知っていることを教えてくれるのが道理のはずだ。それなのに。

「教えてやろうかぁ？　お前の、この地図を刻みつけた男を」

もったいぶった口調で囁きながらリュカが再びイリスの顔に舌を伸ばしてくる。首を捻り、顔を逃がそうとすると摘み上げられた突起を爪で押し潰された。

「ぁ、ッ……痛……！」

ビクンと大きく体が跳ねて、のしかかってきたリュカの体を押し返す。リュカがそれで跳ね返されるはずもなく、ただ仰け反って天井を仰いだイリスの鼻先へリュカの唇がすり寄ってきた。

「んぁ、やめ――……っ嫌、だ……っ！」

リュカの手で左右の突起を両方とも捏《こ》ね上げられると、不快感で肌が粟立ち、吐き気さえ催してくる。それなのに体は熱くなっていくようだ。そのことがさらに気持ち悪くて、イリスは下唇をきつく噛み締めた。

「おとなしくしてたら教えてやるよ。お前の――父親のことを」

「……！」

父親。

一瞬、波の音も船の揺れも、熱く吐きかけられるリュカの弾んだ息も何もかも感じられなくなった。イリスが目を瞠って息を呑むと、リュカがニヤリと笑って掌をイリスの下肢へと伸ばしていく。

「父、親って……僕の父親がどうし、……っ!?」

下着の中に冷たい感触を感じて、イリスはそれが何なのか考えるより早く体を大きく震わせた。

慌ててリュカの手を押さえようとして、手首を拘束したロープが軋む。縛られた足を暴れさせても、リュカはびくともしない。

「この地図はどこまで続いてるんだろうなあ？　この中までか？」

「ふ、ッ……ざけ……！　や、め――っそんな、ところっ」

じりじりともったいつけるようにゆっくり下着を下ろしていくリュカの手は、既に中にあるイリス自身に触れている。

ゾッとして縮み上がったそれを冷たい掌に包んで根本から撫でるように指を蠢かされると、形容し難い妙な感覚が下肢からつきあがってきてイリスは歯噛みした。

「地図は端から端まで確認しないといけないからなあ……あの男のことだから、コッチの印はフェイクかも知れねえし」

「つな、こと……っ！　嫌、だ……っやめろ！」

地図を描いた蚯蚓腫れはイリスの腰骨のあたりで消えている。下着の中まで見る必要はないし、そんな不浄に触れる必要もない。

イリスがざらついた床に背中を擦り付けるようにしてリュカの下から逃れようとしても、思うように動けない。妙なところを握られているせいだ。

「ハハッ、そんなこと言ったってお前も男なんだからすぐに気持ちよくなる。——あ、まあもうじき俺が女にしてやるけどなあ？」

「——っ……！」

怒りと嫌悪感と羞恥で、顔が熱くなっていく。


こんな侮辱を受けるくらいなら殺されたほうがずっとマシだ。

そう思うのに、実際は何もできないでいることがもどかしくてイリスは息を荒げた。

腕なんて引きちぎれてもいいと思ってもロープは抜けないし、足がどうなってもいいからと床を蹴りつけたって、誰が助けに来てくれるでもない。

身を捩り、うつ伏せになってリュカの手を逃れようとすると手の中に握られた急所をぎゅっと圧迫されてイリスは竦み上がった。

「おとなしくしてりゃ地図のことを教えてやる。……それに気持ちよくもしてやるって言ってんだ、悪い話じゃねえだろう？」

屈辱に噛み締めた唇から血を滲ませたイリスをあざ笑うように、リュカが舌なめずりでもしそうな声で囁く。

握りしめた手の力を抜き、再びゆっくりと上下に撫でられ始めても怖気しか覚えない。楽しげにしているのはリュカだけだ。

「何も、いらない……っ、早く僕を解放して、海にでもなんでも沈めればいい」

自死を望むことしかできないなんて、悔しくて涙が溢れてくる。

イリスがこんな最後だったなんてもしシスターが知ったら言葉を失うだろう。倒れてしまうかもしれない。

父親のことも地図のことも、この歳までずっと知らないままで幸せに生きてきた。海賊といってもいろんな海賊がいるということも。

「まあ、いつかは沈めてやるよ？　俺が飽きたらな」

ククと喉を震わせたリュカがまた舌を伸ばしてきた。

肌を舐《ねぶ》られてイリスが嫌悪感をあらわにすることがリュカの嗜虐心《しぎゃくしん》を煽っているのだろうとは思っても、どうしたって顔を顰めてしまう。イリスは床に頬を押し付けてそれを避けながら目尻を濡らした。

「——……っハル……」

しゃくりあげた唇から、思わず助けを求める声が漏れた。

自分でも驚いたけれど、リュカもぴくりと眉を震わせた。

驚きの表情からゆっくりと気味の悪い笑みを浮かべていくリュカを視界の端に止めると、なんだがハルのことまで汚されるかのようだ。

「お前、もしかしてあのガキと——……」

揶揄の笑みを浮かべたリュカが両目を見開いて甲高く笑う。

ハルのことまで侮辱するなとイリスが口を開こう

とした、その時。

　割れるような音が鳴り響いて、船が大きく揺れた。

「ッ！」

　船室で体が転がり、壁にしたたか体が打ち付けられる。

　おかげでリュカの体の下からは逃げられたけれど、今まで聞いたこともないような音が聞こえてきてイリスはあたりを見回した。まるで、船が崩れていくかのようだ。

「何だ！」

　座礁でもしたのだろうか。

　リュカは苛立たしげに立ち上がると、大きく舌打ちをしながらいまだ大きく左右に揺れる船の甲板に出ようとした。

　それを、塞ぐ影があった。

「！」

　波の音が大きく騒いで、誰のものとも知れない怒号も聞こえてくる中で、静かな鈍い音がはっきりとイリスの耳に聞こえた。

　リュカはまるで人形のように硬直して、微動だにしなくなった。――それもそうだろう。額に銃口を押し付けられていたら、迂闊《うかつ》に動くことはできない。

「ずいぶん急いでるじゃないか、どうした？　餌場でも見つけたのか、蛇野郎」

　暗がりに現れた人影が一歩、また一歩と歩を進めると、リュカがおとなしく後退して二人の姿がゆっくりと船室に入ってくる。

　黒い鞣《なめ》し革のブーツ、赤いコートの裾がランプに照らされてはっきり見えてくると、イリスは息をしゃくりあげて唇を震わせた。

「ハル……！」

　片手に構えたピストルをリュカの額に押し付けた

凛々《りり》しい姿を見ただけで、冷え切っていた体に急に血が巡ってきたように感じる。縛られた指先まで暖かくなってきて、呼吸がしやすくなった。

と同時に、リュカの手下に囲まれて苦戦していたのにどうしてここまでとか、怪我は負っていないのかとか心配が突き上げてくる。

すぐにでもハルのそばに駆けつけたい。さっきのように自分が人質にされたらハルがまた危ない目に遭ってしまうかもしれない。

それなのに、縛られた足ではまるで芋虫のように床の上を這うことしかできなくてもどかしい。

駆けつけるどころか床を立ち上がることもできないイリスをハルがちらりと一瞥《いちべつ》する。

「――……イリスに何をした？」

底冷えするような、唸り声だった。

リュカに向けられた言葉なのにイリスの身が竦む。

「何って？　さぁな。お前もしたことなんじゃあないか？」

「っ！　ハルはあんなこと……！」

咄嗟に声をあげる。

たしかにハルだって地図を探し出すためにイリスの体に触れはしたけれど、リュカのそれとは違う。

地図を見つけたというのにあんなことをするなんて――異常だ。ハルはそんなことしない。

ハルの右手に構えたピストルが、微かに震える。

引鉄にかけた指先が明確な意思を持って動こうとするのを見ると、イリスは思わず顔を伏せた。

「キャプテン」

「イリス様」

しかし次の瞬間、銃声のかわりに室内に二つの声が飛び込んできて、イリスは顔を上げた。

「フギン、ムニン！」

「申し訳ありません、遅くなりました」

ムニンが両手にカトラスを構えたまま素早くイリスのそばまで駆けてくると、頭を下げるのもそこそこに手足を拘束したロープを慎重に切り離す。

ようやく四肢の自由が戻ってくるとイリスは安堵の息を吐いて、ムニンに抱き寄せられるまま身を預けてしまった。脱力していると、ハルが目もくれずに自分の肩からオーバーコートを放ってよこした。ムニンがそれをしっかりと受け取って、イリスを包み込んでくれる。

まだハルの体温が残ったコートは自分が安全になったということを理屈ではなく本能で教えてくれるようで、ともすればそのまま気を失いそうになるくらいだ。

だけど手足の傷や、嚙み締めた唇の痛みがイリスの意識をかろうじて食い止めてくれた。

重いコートの中の体をそっと窺うと、いつの間にか地図が消えている。

残っているのは、リュカにつけられた傷だけだった。

「キャプテン、間もなくこの船は沈みます。我々の船へ」

「ああ」

フギンもリュカにピストルを向けながら、ハルを促すように船室の外をさした。ハルが肯き、ゆっくりとリュカから視線を外す。その眼差しが向けられたのは、床の上に座り込んだイリスだった。

「イリス、立てるか」

緊張したハルの声は有無を言わさぬもので、イリスは声もなく首肯することしかできなかった。

とにかくこの場を立ち去りたい。

早くヴァルハラ号に——帰りたい。

イリスがムニンの手を借りてなんとかその場を立ち上がると、ハルが腕を伸ばした。

ハルのそばに行くためには、ピストルを突きつけられて棒立ちになっているリュカの脇を通り過ぎなければいけない。だけど、もう恐怖はなかった。ハルのもとまで行けば助かる。そんな気がしていた。

覚束《おぼつか》ない足を踏み出すと、ハルが左目を細める。

「……！」

もうすっかり安堵した気持ちでいたけれど、ハルが微笑んだ瞬間、どっと気持ちが溢れ出してきて胸が一杯になってしまった。

怖かった思いも、もう死ぬしかないんだと思っていた絶望感もすべて、救われた。

イリスはハルの胸に飛び込むようにして差し出された手にすがり付くと、その体に染み付いた潮の香りと微かな香水の香りを胸いっぱい吸い込んだ。リュカの唾液《だえき》に汚された肌も暴れて傷んだ四肢も、浄化され癒やされていくみたいだ。

「迎えが遅くなってごめんな」

背中にしっかりと腕を回したハルが、イリスの銀の髪へ鼻先を埋めて懺悔《ざんげ》でもするかのような声で囁く。

イリスは首を震わせるように小刻みに振って、ハルの胸のシャツをぎゅっと強く握りしめた。

◆　◆　◆

「ビフレスト諸島？」

ヴァルハラ号に無事帰艦して、とにかく傷を治して気持ちを落ち着かせろとハルに命じられ、リュカのもとであったことをようやく話すことができたのはイリスがヴァルハラ号に無事帰艦してから二日後のことだった。

「ビフレスト諸島のどこにあるのかは僕にはわからないけど……たしかにリュカはそう言ってた」

フギンとムニンが港で買ってきてくれたという真新しいシャツの上でぎゅっと拳を握って、イリスははっきりとリュカの言葉を思い出していた。

正直、あの晩のことは思い出したくもない。

フギンにピストルを突きつけられたリュカをそのままにハルがいち早くイリスを僚艦に助け出してくれたのは良いけれど、ちょうど水平線から真新しい太陽がのぼってくるところで、血まみれになったリュカの船の操舵室が見えてしまった。

慌ててハルがイリスの頭を抱き寄せて隠して視界を覆ってくれたけれど、手遅れだ。

リュカの船に一体何人の船員がいたのかはわからない。少なくともそのうちの一人はリュカ自身が手にかけた。目の前で沈んでいく船の姿に、イリスは体を震えを抑えきれなかった。

ハルもフギンもムニンも、イリスを助けるためにしてくれたことだ。

ハルにさらわれなければこんなことに——とはいえ、リュカの口ぶりからすると彼もイリスの地図のことを元から知っているかのようだった。ハルに見つからなくても、いずれリュカに発見されていればイリスは同じようにさらわれていたのかもしれない。

そうすれば、きっとハルにこうして助けられることもなかっただろう。

「ハル、ごめん……僕がもっと早く地図のことを話していれば」

「話すったって、結局どうして地図が出てきたのかわからないんだろ？　お前にはどうしようもない」

気にするな、とハルの大きな掌で髪を撫でられて、イリスはうつむいた。

わからない、ということもない。

初めて地図が浮かび上がってきた時、それから二度目。二回ともイリスが極端に恐怖を感じた時に自然と胸がヒリヒリと傷んで気がついたら腫れ上がってきた。

ハルだって気付いているはずだ。

それなのに、意を決してイリスが仰いだハルの顔はきょとんとして「どうかしたのか」と言わんばかりだ。

「——……、なんでもない」

イリスを怖がらせればいい。

そう口にしたら、ハルもイリスにカトラスを突きつけたりするんだろうか。リュカに向けたような殺意のこもった目で。

とても想像できない。

リュカに向けた憤怒《ふんぬ》の表情を見ているのに、イリスに向けられた顔はいつも優しくて。

地図のためにさらってきたというのに、そのイリスを怖がらせることができないんじゃ意味がないのに——やっぱりハルは、変な海賊だ。

「なに笑ってんだ。人の顔見て笑うなんて、失礼なやつだな」

気付いたら、イリスは笑っていたらしい。

ハルに髪をぐしゃぐしゃと掻き撫で回されてイリスは笑い声をあげてしまった。

あんなに嫌なことがあったのに。

ところどころ下層甲板と吹き抜け状態になったぼろぼろのヴァルハラ号に戻ってきたというだけで、心底ほっとする。

自分たちだって戦いで傷ついて、船の修復で疲労しているというのに僚艦で戻ってきたイリスをみんなで出迎えてくれたヴァルハラ号の乗組員は本当に絆《きずな》が深いと思う。

怖い思いをさせたからと四六時中イリスのそばについて、見回りも舵取りも輪番から外してもらったというハルに、フギンもムニンも呆れ気味だ。

「キャプテンがずっとそばにいるほうが怖いのではありませんか」

「私たちがついていたほうがずっとイリス様のお心を癒やすことができるのでしょうが、キャプテンから命令されておりまして。申し訳ありません」

そういってわざとらしく頭を下げてみせるのも、ハルと船員の間に信頼関係があるからだ。

自分の身を守るために——それどころかただ部屋に入ってきたというだけで殺害してしまうリュカとは違う。

そのリュカは、沈みゆく船の中に縛り付けたまま置いてきたとハルが言っていた。

「じゃあ、とりあえずビフレストまで行ってみるか。その後のことはその時考えるとして」

自分で掻き乱したイリスの髪を整えるように撫でつけながら、ハルがからりと笑う。

イリスの育った港町で、海賊に好意的な友人はみんな海賊は自由なところがいいと言っていたけれど、ハルを見ていると少しわかるような気がする。

ビフレスト諸島は小さな島がいくつも連なった海域だ。船で航行するのは難しいんじゃないかというくらい、イリスにだってわかる。それなのに、はっきりとした目標もわからないままとりあえず行ってみようだなんて。

もしかしたらイリスが嘘をついているか、あるいは聞き間違いかもしれないなんてことを少しも疑おうとしない。

　フギンやムニンだけじゃなく、乗組員みんな呆れるだろう。

　だけどみんな呆れてはいても、キャプテンの言うことだからと従ってしまう。それはハルが怖いからじゃなく、ハルがみんなの意見に真摯《しんし》に耳を傾けるキャプテンだからだ。

「……僕も、ビフレストに着くまでに何とかするよ」

　イリスにできることはそれしかない。

　シャツの胸を握る手に力をこめてイリスが肯くと、ハルが目を瞬かせたあと、思わずといったように噴き出した。

「なんとかって？」

「だから、ハルに地図を見せられるように……」

　言ってはみたものの、それはイリスが死を覚悟するくらい怖い思いをするということだ。まだはっきりとはわからないけれど、多分。

　この居心地のいいヴァルハラ号で、いったいどうしたら怖い目に遭えるのかはわからない。しかも今はずっとハルがついていてくれているのに。

「まあ、無理すんなよ。俺も期待しないでおく」

　声をあげて笑ったハルが、子供でもあやすようにぽんぽんとイリスの頭を軽く叩くと撫でる手を離してしまった。

　まだ髪は乱れたままなのに。

　そもそも、地図が欲しくてイリスをさらってきたのに期待しないだなんて失礼なことだ。

　イリスは唇を尖らせて拗《す》ねて見せながら、結んでいた髪を一度解いて自分で梳《す》きながらハルの横顔をちらりと窺った。

　地図を見せれば、ハルはすぐにでも宝を探しに行くのだろう。それで晴れて宝を自分のものにすることができれば――イリスはお役御免だ。約束通り、教会へ帰れる。

それを期待しないなんて、ハルの勝手だ。

イリスは一刻も早く教会に帰りたいし、海なんて、海賊なんて嫌いだ。

嫌いな、はずなのに。

下ろした髪の隙間から盗み見たハルが視線に気付いてこちらを覗き込んでくると、イリスは息を呑んで慌てて顔を伏せた。

息が苦しい。

おそろしい思いをした時とは違う苦しさが、イリスの胸を締め付けていた。

◆　◆　◆

遠くに灯台の明かりが見える。

どこかの町が近いのかもしれない。近いといってもイリスが感じるよりもずっと遠いだろうし、海賊船がおいそれと寄港できない町もあるらしいけれど。

長い間海上にいると、あそこには町があるんだというのがなんだか不思議に思えてくる。

イリスはずっと陸で、あの港町で暮らしてきた。

物心つく頃には町に現れるむさ苦しい海賊たちが嫌で嫌でたまらなかったし、学校で友達の家族の話を聞けば、教会に帰ってから「僕にはどうして両親がいないのか」と尋ねて困らせもした。

シスターはイリスの両親は心の優しい人だったから、神様に早くお呼ばれしてしまったんでしょうとはぐらかしたけれど、酒場で働く人たちが教えてくれた。

イリスの両親は海賊に殺されたんだと。だからお前は海賊が嫌いなんだろう、と当然のことのように言われてイリスは腑に落ちた。

だって優しい人がみんな早く神様の元へ招かれるのなら、この世は嫌な人たちばかりになってしまう。

自分の両親が海賊に殺されたと知っても、復讐《ふくしゅう》しようなんて思わなかった。それはシスターたちに迷惑も心配もかけることを知っていたし、それ以上に海賊なんて野蛮な連中は数年間は海で幅を利かせていても、海軍に目をつけられてしまったが最後、あっという間に捕縛されて刑に処されてしまう運命だ。

灯台のそばで有名な海賊の遺体が晒し者になっているなんて話を、イリスはしょっちゅう聞いていた。

イリスの両親を手にかけた海賊も、もうとっくの昔に処刑されてしまっているに違いない。

海賊なんて乱暴で低俗で、たった一瞬の栄華のために自分の命を粗末にして、本当に馬鹿馬鹿しい人たちだ。

そう思っていた。

きっと、あの時ハルに出会わなかったら一生そう思っていただろう。

ハル一人だけじゃない。もしヴァルハラ号にさらわれていなかったらイリスはずっと海賊のことを知らずにいたと思う。

「……べつに知りたかったわけじゃないけど」

船首の手すりに頬杖《ほおづえ》をついたイリスは静かな海にこぼすようにして一人つぶやいて、唇を尖らせた。

ハルがどんなに大らかで損得勘定に疎くて人望のある船長でも、海賊になる気がなかったのにハルに救われてヴァルハラ号に残っている乗組員がどんなに気のいい人たちでも、イリスがずっと町で送ってきた暮らしと比べられるものじゃない。比べられるべきものじゃないはずなのに。

肘《ひじ》をついていた手すりに顔を伏せ、そっと瞼を閉じると静かな波の音が耳をくすぐる。

イリスを包み込む潮の香りも、肌を撫でていく風も、どうしてこんなに懐かしいような気がするんだろう。

「イリス」

波の音を子守唄にそのまま微睡《まどろ》んでしまいそうなイリスの背中を、ハルの掠れた声が叩いた。

振り返ると、ブランケットを持ったハルがこちらにやってくるところだった。

「ごめん、起こしちゃった？」

「一人でデッキに出るなよ」

ランプの明かりを消してから、二時間ほどは寝ていたと思う。だけどふと目が覚めてしまって、相変わらずハンモックを譲ろうとしないハルの寝息を聞きながらこっそり船室を出てきたのだ。

イリスが手すりに摑まったままでいると、ハルがブランケットを広げてまるで捕獲でもしに来たかのようにがばっと包まれてしまった。べつに逃げ出したりしないのにその大袈裟な動きがおかしくて、イリスは思わず声もあげずに笑った。

「べつに一人でも平気だよ。見張りもいるし」

マストの上の見張り台を仰ぐと、退屈そうに立ち尽くした船員の姿が月夜にはっきりと浮かび上がっている。

海は静かで、全方位見回しても他に不穏な船の影はない。イリスが一人船首に佇んでいても、危険なことはない。

「わからないだろう、突風が吹いてきて海に落ちたらどうする」

「え、それはハルがいたって同じじゃないの」

月明かりは明るくて、雲ひとつもない空を仰いでいると突風などとてもじゃないけど吹いてこないように見える。

もちろん、海の上でのことはイリスには断言できない。もしかしたらそんなこともあるのかもしれないけれど。

手すりを摑む手をしっかり見せつけながらイリスが笑うと、ハルがアイパッチの上の眉を顰めた。

一瞬ハルの気分を害してしまったのかと思ったけれど、すぐにブランケットを羽織った上から両肩をぎゅっと捕まえられてイリスは思わず息を呑んだ。

「っ、なに」

「こうしときゃ、落ちないだろ？」

そう言って破顔したハルの顔が近い。

とはいえ、イリスよりも頭一つ半も背の高いハルの顔はずっと上にあるけれど。それでもたくましい腕にまるで抱き竦められているようで落ち着かない。

「か……っ過保護」

フギンやムニンがこの場にいたら、また始まったとばかり呆れて笑ってくれただろう。でも深夜の甲板にはイリスとハルの他に誰もいない。

笑ってやり過ごそうと思うのに熱くなった頬が硬直してうまく笑い飛ばせないまま、イリスはうつむいた。

ハルはイリスを子供か何かだと思っているんだろう。そうでなければ、船で飼っているペットか何か。だからこんなふうに体を寄せていてもおかしなことだとは思わないのかもしれないけれど、イリスはこの間から妙に胸が騒いで仕方がないというのに。

船底が波を切る音以外は聞こえない甲板で、イリスの鼓動がハルに聞こえてしまいやしないかと気が気じゃない。

ハルが気安く触れるたび、イリスはにわかに緊張してしまう。だけどそれが海賊に触れられて怖いというのとは違ってしまっている。いつからかはわからないけれど。

ハルはどう思っているんだろう。

血の繋がらない弟がいると言っていたから、イリスに重ねて見ていたりするのかもしれない。だからこんなに過保護なのか——と思うと、妙に納得がいって気が沈んでいく。暗い海面を見つめるとそこに吸い込まれていくかのようだ。

「おい、イリス」

ふてくされて深くうつむいたイリスが海に飛び込もうとしているとでも思ったのだろうか、肩を抱く手が強くなって、ハルの胸に背中を引き寄せられる。

ぎくりとしてハルの顔を仰ごうとしたけれど——やめておいた。なんだかやっぱり、緊張してしまう。

背中に神経が集中して、鼓動が跳ね上がっていく。夜風に当たっているというのにブランケットに包まれた体が熱くなって、もしかしたら地図が浮かび上がってきてるんじゃないかと、イリスはそっと自分の胸を窺った。

残念ながらそこには貧相な胸板しかなかったけれど。

「痛んだりするのか？」

気遣わしげな声に顔を上げると、ハルが海の果てに視線を向けながらイリスの胸にブランケットを掻き寄せなおした。体が冷えるだろう、と心配性の親みたいに。

「ううん、今はべつに」

地図が発現している時は一面の蚯蚓腫れでヒリヒリするけれど、と付け加えるべきかどうか悩んでイリスは口を噤んだ。

先にハルに地図を見せればよかった。

見せたくて見せられるものならそうしたのに。

今ならそう思えるけれど、リュカの一件がなければ本当にそう考えただろうか。地図を見せれば町に帰ることができた。ヴァルハラ号のことなんて何も知らないまま。地図を見せてさようならしていたら、怖い目に遭うこともなかった代わりに今でもイリスは海賊なんて嫌いなままだっただろう。

「……ハルは知ってるの？」

柔らかな風が吹いて、イリスの頬を撫でていく。

髪が一房顔にかかると、自分で避けるよりも先にハルが耳にかけてくれた。

「何を？」

「僕の父親のこと」

肩を抱くハルの手がぴくりと震えて強張ったのがわかった。

以前からそうだ。ハルは何かとイリスの話をはぐらかしてしまう。地図のためにさらってきたはずなのに地図に対して固執していないように見えるのもそのせいかもしれない。

「リュカが言ってたんだ、僕のこの地図は父親が――」

「名前だけ」

肩を抱く手を摑んで腕の中で振り返ろうとすると、それを遮るようにハルが短く答えた。

「え？」

首だけ捻って窺ったハルの表情は翳っていて、なんだか口ぶりも重い。

聞いてはいけないことを言わせているような罪悪感がイリスに押し寄せてくる。

べつにハルに嫌な思いをさせたいわけじゃないの

に。

「知ってるのは、名前だけだよ。それから、イリスも知ってる通り彼が海賊に殺されたってこと」

それは真実なのか。

いっそ両親が海賊に殺されたなんて嘘だと、ハルが言ってくれたなら信じたかもしれないのに。

だけどハルは嘘が苦手だから、きっとすごくとぼけた調子になってしまうだろうけれど。

だからイリスはあえて大きく夜風を吸い込むと、顎をあげて胸を張った。きっとハルが乗組員に愛されるキャプテンなのは、こういうところがあるせいだ。首領がしっかりしていないから下の人間がフォローしてやらなくちゃと思わずにいられない。

「ふーん。……で、言うことはそれだけ？」

「え？」

両親を殺されたのはイリスのほうなのに、そのイリスよりもずっとつらそうにしているハルがなんだかおかしくて。イリスは背後の間抜け面に首を傾げて見せた。

「僕は親を海賊に殺されたから海賊が大っっ嫌いで今まで生きてきたんだけど、今こうして海賊船に乗ってるわけじゃない？」

つんと鼻を高くしてイリスが嫌味っぽく言ってやると、ハルが背中を丸め、ともすればイリスを支えてくれていたはずの手を引っ込めてしまいそうなくらい恐縮して見せる。

「でもべつに、ヴァルハラ号のみんなは嫌いじゃないし」

ハルの手が完全にイリスの肩から離れてしまう前に言葉を継ぐと、金色の目が闇夜で瞬いた。

あまりにも素直な反応で、笑いを堪えきれなくなってしまう。

「僕は海賊が嫌いだったけど、ハルはもっと胸張ってさ、海賊にだっていいやつはいるぞーとか言えばいいのに」

べつにハルがイリスの親を殺したわけじゃないんだから。

最後の言葉を飲み込んでハルの腕の中で体を反転させると、はにかむような表情の中にキャプテンらしい凜々しさを滲ませた顔がイリスを見下ろしていた。

「ああ。ヴァルハラ号のクルーは、俺の自慢だ」

「いや、クルーじゃなくて」

誇らしげなハルの言葉に反射的に言い返してしまってから、イリスは慌てて口を押えた。

ハルもきょとんと目を丸くしてから、なんだか気恥ずかしそうに押し黙る。そんな反応をされたら、イリスまで照れてしまうのに。

「まあ、でもお前をさらってきたのも俺だけどな」

二人で向かい合って照れあっているのもおかしいと気付いたのか、咳払いをひとつしたハルが言うと、イリスも大いに肯き返す。

「ほんとにね」

しみじみと言うと、互いに顔を見合わせてどちらからともなく小さく噴き出した。

ハルに何度も助けてもらってるのは事実だ。いいやつだと思ってないはずはないのに、自分よりも乗組員を褒められた気になるなんてとんだお人よしだし、そういうところが憎めないキャプテンだと思う。

ひとしきり笑ってから、イリスは目の前を覆うハルのたくましい胸に視線を落とした。

船にさらわれてきた時は抱きかかえられたこの胸がおそろしいと思っていたはずなのに、リュカから助け出された時は泣きたくなるくらいにこの場所が恋しかった。

奴隷船の海賊が踏み込んできた時も、イリスはハルが敗けるはずはないと信じられた。

「――……でも、ハルは僕を助けてくれた」

ぽつりと独り言のようにつぶやくと、胸が一杯になって息苦しくなってくる。

ハルの胸にそっと掌をあててみたいけれど、そんなことをしたらおかしいのか、そんなことを考えること自体がおかしなことなのかわからない。

ハルはイリスにいつも簡単に触ってくるけれど、イリスから触れても嫌がらないだろうか。もし避けられたりしたら胸が張り裂けてしまうかもしれない。

イリスはブランケットの中にしまわれた手を何度も握り直して、喉まで跳ね上がってくるような心音をハルに悟られないように祈った。

「あ、……あぁ、まあ……無傷で帰すって約束したしな」

弾かれたようにハルの顔を仰ぐ。

こちらにアイパッチを向けるようにそっぽを向いてしまったハルの表情は強張って、イリスの肩を抱いた手が離れていく。

「お前は大事な、――地図だから」

夜空と水平線の溶け合った彼方を見つめたハルが、唸るようにつぶやいた。

もしかしたら、聞き間違いかもしれない。

だけど、イリスにはそう聞こえた。

もしハルが本当にそう言ったのだとしても何も間違いじゃない。イリスは、地図としてこの船に連れてこられたのだ。乗組員でもなければ、なんでもない。

実際この船はイリスの胸の地図の通りビフレストに向かっていて、そこで無事に宝が見つかれば地図としての役目も終えて、約束通り無傷で帰る。

そんなことわかっていたし、イリスだってそれを望んでいたはずだ。

ハルがイリスのことを地図だとしか見ていなかったからと言って傷つくようなことじゃない。

「ぁ、そう……、――そうだよ、ね」

痙攣するように震えた頬で乾いた笑いを漏らして、イリスは慌てて顔を伏せた。

体は甲板の上にあるのに、まるで海の底に突き落とされたような気分だ。目の前が暗く塞がれて、息も苦しい。

イリスはハルのかけてくれたブランケットの前をかきあわせると、下唇を噛んだ。

ヴァルハラ号の乗組員はハルにとって自慢の家族だけれど、イリスはそれにさえなれはしない。あたりまえだ。イリスは海賊になる気なんてないんだから。

ハルは優しい。すべて、イリスの望む通りだ。それなのにどうして傷つけられた気がしてならないんだろう。

「――……ちょっと冷えてきたね。僕、部屋に戻るよ」

イリスが暗くつぶやいて船首を離れても、ハルは追ってはこなかった。

結局その晩はしばらくしてからハルが部屋に戻ってきてからもほとんど寝付けなくて、硬いベッドの上で寝返りを打っている間に朝になってしまった。

ずっと、胸の奥が重い。

地図の通りに宝が見つかれば教会に帰れるのだと救いのように思っていたのに、自分が地図だけの価値しかないと肯定されたことで落ち込むなんて。

　ムニンから甲板での朝食に誘われても胸の奥がチクチクと絶え間なく痛むようで、もしかしたら地図が浮かび上がってきているのじゃないかと何度もシャツの中を窺ってしまう。

「顔色があまり優れないようですが、何か気がかりなことでも？」

「えっ？　あ、いや……昨日ちょっと、寝付きが悪くて」

　やっぱり地図があったのなんて嘘だったんじゃないかと思うくらい見慣れた胸板を覗き込んでいた顔を上げて、心配してくれるフギンに首を振る。

「ドクターは酒飲まないから眠れねえんだ！」

　朝食を囲んでいた丸顔の男性が、朝からなみなみとビールの注がれたジョッキを掲げて笑う。

「ドクターがお前みたいなアル中になったら困るだろ！」

「お前もドクター見習えよ」

　周りの海賊たちも笑いながら小突くけれど、みんな既に赤ら顔だ。

　飲んでいない人もいるけれど、きっと見張りに立つ当番やマストに登る仕事がなければ朝から飲むんだろう面々ばかりだ。

「酔っぱらいの戯言《ざれごと》はお気になさらず」

「とはいえ、今夜も寝付きが悪いようであれば多少の寝酒をご用意いたしますので何時《なんじ》でもお声かけください ね」

　赤ら顔の乗組員を露骨にイリスの視界から遮ったフギンとムニンが口々に気遣うと、場はさらに笑いに包まれた。思わずイリスも小さく笑ったけれど、この場にいないハルの顔がちらついてすぐに気が重くなる。

イリスがただの地図ならば、ヴァルハラ号の乗組員とどんなにか気持ちを通わせても意味がないというのだろうか。

こんな風にハルの顔を思い出すことも、ハルに助けを求めた気持ちも、ハルが悪い海賊じゃないと信じることも。

「イリス様」

知らず視線を伏せてしまったイリスに、フギンがライム果汁の入った水を差し出した。

慌てて顔を上げて大丈夫だよと笑おうとすると、宝石のように澄んだ紫色の瞳に射抜かれて思わずたじろぐ。心の中まで見透かされるようだ。

「あまり思い詰めないでください。我々は、宝になど興味はないのですから」

「えっ？」

ムニンの言葉に思わず声をあげてしまってから、あわてて口を噤む。

フギンとムニンにはイリスが地図のことで思い悩んでいると思われているのかもしれない。

確かにビフレストが間近に迫っているけれど、着いてからどの地点を探せばいいのかの詳細をまだイリスは示せていない。リュカがそう言ったような気がするというだけで何の確証もないまま船を走らせているのだから、下手をすればヴァルハラ号の乗組員全員を振り回すことになる。

そんなことを今まで思いもしていなかった自分にも愕然《がくぜん》とした。

「キャプテンがどうしていきなり宝探しをする気になったのかもわかりませんが――」

「私たちはイリス様に出会えたことと、この旅を十分に楽しんでいます。ですので、気に病むことは何もありませんよ」

口々にイリスを気遣うフギンとムニンを交互に見遣って、イリスは気恥ずかしさで首を竦めた。

「フギン、ムニン……」

ありがとう、と口にすると胸がじんわり暖かくなった。

酒を手にした船員たちもこちらを見守ってくれている。

「あの、でもハルが——」

甲板を埋める乗組員がみんなそう思ってくれていても、ハルはそうじゃないのかもしれない。

まさかハルにただの地図扱いされたのが心に棘《とげ》のように刺さっているだなんて言えないもののイリスが口を濁すと、フギンとムニンが顔を見合わせた。

「キャプテンがどうかなさいましたか？」

「いや、あの……ハルは宝を見つけたいんじゃないかなって——だから、リュカから必死に僕を奪い返したわけだし」

そもそもフギンやムニンでさえ宝が何なのか知らないというし、今まで宝探しをしてなかったらしいハルでも欲しがるくらい、海賊なら誰しも憧れるような宝が秘められているのかもしれない。

そんなものがどうしてイリスの体に刻まれているのかは別として。

イリスにそんな宝以上の価値があるはずもない。そう思えば、ハルの言葉も十分肯ける。

また気持ちがずっしりと重くなった。朝食を囲んだみんなが、こんなにイリスに優しくしてくれているのに。すごく嬉しくてありがたいのに、ハルの顔が脳裏から離れない。

「あぁ……それは」

ともすれば重いため息が漏れてきそうでうつむいてしまったイリスの頭上で、フギンとムニンが言い淀《よど》む。先に口を開いたのはフギンの方だった。

「リュカのことが気に入らなかったのでしょう」

「リュカ・セルパンはサディストの変態と名高い海賊ですから」

フギンとムニンの声に顔を上げると、苦い表情を浮かべた二人の他にも首を竦めている人が何人もいた。どうやら海賊の間では有名らしい。

確かに人を傷つけたり殺すことに躊躇はなかったようだし、イリスに対しても気味の悪いことをしようとしていたから、肯ける。

「――だけど、僕が地図だから助けてくれたんだって、ハル自身が言ったんだ」

気の重さに耐えきれず、イリスはぽつりとつぶやくように漏らしてしまった。

地図だから助けてくれたということは、イリスの胸に地図が刻まれていなければ助けてはくれなかったかもしれない。ハルがいくらリュカを気に入らなくても、自分が攻め込んでいけば怪我人や死者が増えることはわかっていたのだからきっと嫌がっただろう。それがリュカの部下であっても血は流したくないと、ハルならそう思ってもおかしくはない。

自分で言葉にすると、胸に詰まっていたものがこみあがってきて涙が溢れそうになる。

涙を堪えて唇を震わせたイリスが楽しい朝食を暗くしまったことに気付いて席を立とうとした時、ムニンが小さく笑った。

「ただの照れ隠しでしょう」

「は？」

イリスは思わず伏せていた目を瞬かせて、朝食の席を見渡した。ムニンだけじゃなく、他にも苦笑している人や口元を押さえて肩を震わせている人もいる。

ぽかんとしているのはイリスくらいのものだ。最近新しく加わったはずの奴隷船から助け出された人たちさえも笑っている。

ヴァルハラ号のみんなが笑っている光景を見るのはもうすっかりイリスにとってなんだか幸せな気分になるものだけれど、何を笑われているのかもわからない。

「いや、あの――」

ハルがイリスを助けるのにわざわざ照れ隠しをするはずがないし、ムニンの誤解だと訂正の声をあげようとした時。

「あれっ、キャプテン」

背後の見晴らし台から降りてきたばかりのクルーの声がして、イリスはぎくりと身を強張らせた。

「どうしたんですか、そんなところに突っ立って。珍しく酔っ払ってるんですか？　顔、真っ赤ですよ～」

クルーの陽気な声にうるせぇ、という声が重なると朝食の席では更にどっと大きな笑い声が湧いてハルの声も掻き消されてしまった。

照れ隠し？

みんなが――フギンやムニンまでもが腹を抱えて笑い転げる中で、イリスはただ一人唖然として視線を泳がせていた。

顔が熱くなってくるのがわかる。

胸は、さっきよりもさらに苦しくなっていた。

◆　◆　◆

「ドクタ～、手首捻っちゃった」

空は抜けるように青い。

雲一つない空を仰ぎながら、マストを支えるシュラウドの一部を借りてイリスが洗濯物を干していると、ヴァルハラ号では最年少の乗組員が左手首を押さえてやってきた。

「ええっ、大丈夫？　……うわ、すごく腫れてるね。まずは冷やそうか」

柔らかな金髪を風に揺らした少年の目は少し赤くなっている。相当痛むのだろう。左手首はくびれがなくなるほどに腫れ上がっていて、炎症のひどさを物語っている。

イリスは洗濯ものの中から適当な布を取り出すと、まだ濡れたままのそれを彼の手首に押し付けた。

「骨までは大丈夫そうかな。一体どうしたの？」

患部の圧迫と固定を兼ねて強く布を巻き付けても、痛みが走る様子はない。骨は折れてないことを確認しながら布の端を結ぶと、布が乾かないように定期的に海水に浸すように言いつける。

柔らかそうな金髪が可愛らしい彼は、素直に肯いた。

「そろそろビフレストに着くから帆を下ろそうとしてて……マストに上がる途中で、落ちた」

「ええっ、それでよく捻挫《ねんざ》で済んだね？　他に痛むところはないの？」

あどけない顔をしているもののイリスよりもスラリと背の高い彼の体に他に異常がないか、視線を走らせる。

彼はくすぐったそうに大きく口を開けて笑って、その場で跳ねてみせた。

「大丈夫だよ。俺、故郷では牛に乗って野山を駆け回ってたんだ。振り落とされるのなんて慣れっこさ」

股《また》を開いて牛のお尻を叩くような真似をしてみせ

た彼がうっかり左手を動かして、痛みに顔を曇らせる。

あるいは表情が翳ったのは痛みのせいだけではないかもしれないけれど。

彼の生まれ育った国はもう地図上にもないという から。牛に乗って駆け回った山は採掘場となって切り崩され、牛は殺されたと聞いている。一緒に野山を駆け回った牛たちは彼にとって大切な友達だっただろう。

祖国を追い出されてきた彼は今、牛のかわりにヴァルハラ号に乗って乗組員を友達と慕っている。

「左手は安静にしてて。添え木でもしようか？」

若くて元気な彼のことだから、きっとまたすぐに手を動かしてしまいそうだ。骨まで折れていないなら添え木や首から吊るほどのことはないかもしれないと思ったけれど、回復を早めるためには必要かもしれない。

「こんなもん唾《つば》つけときゃ治る」

濡れた布を巻き付けた左手首を取ってイリスが添え木になるものがないか誰かに尋ねようと顔を上げた時、洗濯物をバサッと掻き分けて顔を覗かせたのは、ハルだった。

「唾液に消炎作用はないから。……それよりもハル、何か添え木になるような――」

「こんなもん放っときゃ治るって。ほら、離れた離れた。お前らイリスが来てから怪我しただのなんだのって騒ぎすぎなんだよ」

イリスと金髪の少年の間を割って入ってきたハルが、大きく両腕を広げて引き離す。

嘆かわしいとばかりに大袈裟にため息を吐いたハルが少年の左手首をぐっと押しやると、イリスは自分の胸を押したハルの腕を摑んだ。

「ちょっと、患部は安静にしろって言ってるだろ。触るなよ。痛がってるじゃないか」

「あ、いやドクター俺は……」

「ほら、本人が大丈夫だって言ってんだ。こんなもんお前がいなければみんな適当に冷やして三日も寝てればいつの間にか治ってたんだよ。クルーを甘やかすな」

「僕が来る前のことなんて知らないよ！　捻っただけだって言ったって放置していたら手首が固まってしまう場合だってあるんだ。そうなれば操帆に支障があるかもしれないだろ？」

　イリスが嚙み付くように言い返すと、一瞬ハルが言葉に詰まった。

　そもそも最初にイリスをドクターと呼んでこの船での立場を作り上げたのはハルだ。イリスは決してドクターなんて呼べるような立場でもなければ知識もないけれど、そう呼ばれるからには乗組員の健康を一番に考えたい。

　思わず摑んだままでいた手を離すと、その手で頭を乱暴に搔いたハルが苦い顔をしてため息を吐く。

「……こいつらは、ドクタードクター言い過ぎなんだよ。今じゃ子供も泣かないようなかすり傷でもお前を探すやつがいるだろ」

「べつにいいじゃないか。僕だって船上での仕事があるほうが落ち着く」

　キャプテンに理不尽に怒られた少年が、イリスに頭を下げてそそくさと去っていく。よく冷やして、固定してねと声をかけると右手を大きく掲げて笑っていた。

　その姿を一緒に見送ったハルがまだ不機嫌そうに目を座らせているのを見て、イリスは肩を竦めた。

「キャプテン・ハルはもっと自分の家族を大事にす

る人だと思ってた」

「大事にしてるだろ。甘やかすだけが愛情じゃない」

再び洗濯物に手を伸ばしたイリスの隣から、ハルが濡れたシャツを奪っていく。

イリスでは手の届かないような高さのロープにそれをくくりつける姿を横目で見て、イリスは思わず噴き出してしまった。大所帯の海賊団のキャプテンが洗濯物を干す姿なんて、想像したこともなかった。

ハルは威厳のある高級そうな真紅のオーバーコートをつけているのに、洗濯物を干すその姿に違和感がないのがすごい。

もっとも、ハルのことを全く知らなければぎょっとしただろうけれど。

「かすり傷だって悪化したら大事だよ。過剰に手当をする気はないけど、保護くらいはしておいてもいいでしょう」

大きなシーツはハルに任せて、イリスは小物を下のロープに掛けていく。生暖かい風がそよいで、イリスの銀髪をなびかせた。

「だから、それくらいは自分でできるだろって言ってるんだ。ドクターにかかるまでもないだろ」

「べつにいいじゃないか、僕は暇なんだし」

イリスの船上での仕事といえば食事を用意する手伝いや、真水を作るムニンの手伝い、洗濯くらいのものだ。

海図の読み方は色んな人に聞いて勉強中だけれど、ロープワークはとてもじゃないけれどできる気がしない。

いずれ陸に帰るのにこんなこと学んだって仕方がない——という気持ちは、海上でありあまった暇を潰すためだと自分に言い聞かせて封殺した。

「暇なら操舵室に来い」

「操舵室？　何か仕事があるの？」

大物を干し終えてしまったハルは腰に手をあてて なんだか偉そうにイリスを見下ろしている。

最後のタオルを干し終えてそのよく整った顔を仰ぐと、金色の目が少し泳いだ。

「べつにない」

拗ねた子供のように小さく漏らしたハルが首を傾けると、赤髪が揺れる。

なにそれ、と呆れて言い返そうとして、イリスは咄嗟に口を噤んだ。

操舵室はハルのテリトリーだ。キャプテンのくせに操舵手よりも舵を握りたがって、よく一人で過ごしているらしい。たしかにハルに用がある時は操舵室に行けばたいていてい見つかる。

それも最近はイリスについて歩くために舵取りをしてない時間が増えたのだと、フギンが言っていたけれど。

なんだか胸がまた早く打ちそうになってきて、イリスは努めて平静を保とうと視線を伏せた。

大事な地図を常に携帯していたい、というようなものだ。きっとそれ以外に深い意味などない。

押し黙ったイリスに対してハルまでも口を噤んでしまったものだから、シーツのはためく音だけが聞こえてなんだか居心地が悪い。

洗濯物を干すのを手伝ってくれてありがとう、と言ってさっさと立ち去ってしまえばいいのだけれど、何故かその一言が出てこない。

べつに、ただ操舵室に遊びに来いと言われただけだ。

一体自分はどうしてしまったんだろうと心底困って、話のきっかけを探そうと視線を彷徨《さまよ》わせると——遥か水平線の向こうに、黒い影が見えた。

「！」

一瞬、何がしかの船かと思って身構える。

だけどその点はいくつも並んでいて、灯台の影も見えた。

「——あぁ、着いたか」

ビフレスト諸島だ。

まだ距離はあるのだろうけれど目に見えて大きくなっていく島影に、イリスは手すりへ駆け寄った。

手すりを摑んだ掌がにわかに汗ばむ。

ビフレストに着いたら、そこから先のことはわからない。

人海戦術で宝の島を探すことになるのかもしれないし、そうなったら時間はかかるかもしれないけれど——いつかは宝が見つかって、イリスはヴァルハラ号を降りるのだろう。

だけどビフレスト諸島の中に宝があると、決まったわけじゃない。

船を降りたいはずなのに、本当はここが地図の示した場所じゃないのではないかと期待してしまう自分もいる。

苦しくなった胸を押さえて唇を嚙んだイリスの背後で、ハルが息を吞んだ気配を感じた。

「キャプテン！」

イリスが振り返るのと同時に、見張り台の上から緊迫した声が響いてきた。

今日、望遠鏡を覗いていたのはドナルドだ。

「前方にブラッディローズの船影です！　すごい勢いでこちらに向かってきます」

ハルが見据えた先にも、その影が見えているんだろう。

たしかに島影に紛れて一つだけ、水飛沫を上げている影がある。

「ブラッディローズ？」

島と違ってどんどん大きくなる影から視線を逸らしてハルを仰ぐと、ハルがイリスの肩に手を回した。痛いくらいに強く摑まれて、イリスは目を瞬かせる。だけど見上げたハルの様子はとても非難の声をあげられる顔つきじゃなかった。

「――リュカの本艦だ」

唸るような声で、ハルがつぶやいた。

「総員、持ち場につけ！」

イリスの肩を抱いたまま甲板を振り返ったハルが声を凛と張ると、それまで甲板に寝転んで空を仰いでいた非番の人も酒を飲みながらデッキ掃除をしていた老人もみんな急に背筋を伸ばして、持ち場へ駆け出す。

「リュカって……だって、あの時」

フギンが、沈みゆく船のマストに確かに縛り付けたと言っていたのに。

知らずに震えが走って、イリスは肩を抱いたハルの手を強く握りしめた。

あっという間に臨戦態勢に入り、上層甲板の大砲にも鉛の玉が詰められていく。前回のリュカの襲撃で傷ついたヴァルハラ号はまだ完全に修復されたとはいえない。こんな状態で大砲の衝撃に耐えられるのかもわからないのに。

「キャプテン」

緊迫した声が飛び交う甲板に駆けつけてきたフギンの、頭に巻いた布飾りが乱れている。焦燥が見て取れた。

「申し訳ありません。私がリュカを最期まで見届けていれば――」

「気にするな」

足元に膝をついたフギンを見下ろしたハルがふと

緊張した声を和らげる。頭を垂れていたフギンが顔を上げると、ハルが左目を細めて微笑んだ。

「お前のせいだなんて誰も思ってない。あいつは執念深いからな、それだけのことだ」

自分よりも若いはずのハルに優しく声をかけられて、フギンの目が潤んでいるように見えた。もしかしたらイリスがじんとしているからそう見えただけかもしれない。

「……命に替えても、キャプテンハルとヴァルハラ号をお守りします」

強い決意を滲ませたフギンの声は低く、ハルがからりと笑ってくれなかったらイリスは胸が引き裂かれるような思いになったかもしれない。

きっとフギンは、キャプテンがハルでなければ自分がリュカをわざと助けた密通者のように疑われていたかもしれない。そう思われても仕方のないミスをしたという気持ちがあったんだろう。

でも、ハルはそんなこと疑いもしない。

ハルにとって乗組員はかけがえのない家族だから。

「いや、命には替えるなよ。ヴァルハラ号はただの船だ。お前たち乗組員がいなけりゃ意味がない」

ぶるっと小さく肩を震わせたフギンが、もう一度頭を下げてから立ち上がると鼻を啜《すす》りながら踵を返した。腰の左右に下げた銃身の長いピストルを取り出して船首に向かう後ろ姿が頼もしく感じる。

「——リュカは……宝を見つけたのかな」

それがどんな宝なのかも知らない。

海賊がこぞって手に入れたがる宝といえば山と積まれた金銀財宝か、国家を脅かすような機密書類くらいしか思いつかない。

こちらに向かってくるブラッディローズ号の速さからすると、とても大量の財宝を積んでいるようには感じられない。あるいは一度には運びきれない量の宝の山を見つけたのだとしたら――それを横取りする可能性のあるハルに向かってくるのも、肯ける。

イリスは目を背けたくなるような黒塗りの帆船に恐怖心を募らせて、ハルのシャツにしがみついた。

「どうだろうな。宝を手に入れたのなら、もっと余裕がありそうなものだ」

息を詰め、ハルの胸に頬を押し付けたイリスの髪が優しく撫でられる。だけどその手つきとは裏腹に眼差しは鋭く、目に見えて近付いてくるリュカの船を見つめている。

その視線の先を追ってイリスがおそるおそる海を振り返ると、既に甲板の人影が見えるほどに船が近付いてきている。

澄んだ青空を切り裂くように黒髪をたなびかせてこちらを見ているのは、見間違うはずもない、リュカだ。近付いてきているとはいえ表情など見えるはずもないのにそれがリュカの人影だとわかった瞬間、あの三白眼に射抜かれているような気がしてイリスはあわてて顔を伏せた。

「イリス、大丈夫だ。もうお前を傷つけさせたりしない」

ハルの胸にしがみついたイリスをしっかりと抱きとめたハルが、髪に鼻先を埋めて深い声で囁く。それでも体の震えが止まらなくなって、リュカに撫でられた肌の感触がまざまざと蘇《よみがえ》ってくる。

手足が冷たくなって呼吸が浅く弾み、脂汗が浮かんできて胸がチリチリと痛む。

「――――!」

瞬間、イリスはハッと息を呑んだ。

今ならば、地図が浮かび上がっているかもしれない。

イリスを怖がらせまいとして両腕にしっかりと抱きしめてくれているハルから身を離して、シャツに手をかける。

「おい？」

リユカの船は、速いとはいえまだ距離がある、砲弾さえ届かない距離だ。

見せるなら、今しかない。

「ハル、地図が――」

シャツの下を窺うと、うっすらではあるけれど赤い痕《あと》が浮かび上がっている。ハルがそばにいて抱きしめてくれているおかげで蚯蚓腫れというほどひどく痛みはしないけれど、それでも赤い線が現れるほどにリユカの姿はイリスにとっておそろしいものだった。

リユカがどんなつもりでヴァルハラ号に向かってきているのかはわからない。もしかしたら財宝はもう荒らされていて、この地図には何の意味もないのかもしれないけれど。

ハルがさらってきた、イリスの地図はハルのものだ。

シャツをまくり上げて胸を晒し、イリスはハルに地図を示そうとした。

「やめろ」

だけど、その腕を途中で摑まれてイリスは目を瞠った。

ビフレストを前にした、今しかチャンスはないのに。

「そんなもん、今ここで見せるもんじゃないだろ」

たくし上げようとしたシャツの裾を乱暴に直して、ハルがもう一度イリスの体を胸の中に閉じ込める。

守ってくれようとするのとは違う、拘束するような強い腕の中で喘ぐようにもがきながら、イリスは焦《じ》れったさに声を荒げた。

「だけど、今しか見せられないかもしれないのに……！」

リユカと戦って勝ち得たとして――奇襲でもなければヴァルハラ号が敗けることなんて、イリスは想像してない――これ以上おそろしい思いなんてすることはないだろう。だったら、今しか見せることはできない。

「今は駄目だ」

「どうして！」

「他のやつらがいるだろうが！」

声を張ったハルの剣幕に思わず口を噤んで、イリスは目を瞬かせた。

それからゆっくりと、甲板を見渡す。たしかに周囲には乗組員が駆け回っていて、海戦の準備に備えている。

だから何、と言い返そうとして口を開いて――そのまま声を発することもできないまま、イリスは首を捻った。

ハルが宝を手に入れることは、ヴァルハラ号の共有財産になるということだ。べつに誰に地図を盗み見られたって、一つの船でそこへ向かうのだったら同じことじゃないのか。

ハルに限ってヴァルハラ号の中に裏切り者がいるだなんて考えないだろうことはついさっきも確信したばかりだし、イリスだってそう思っている。

他の人間がいるから地図を見られたらまずいという理由が他にあるだろうか。

「いいからお前は俺の言う通りにしてろ」

苦い表情で吐き捨てるように言って、ハルがイリスの腕を痛いくらいにぎゅっと握りしめた。

釈然としないけれど、今は言い合いをしている場合でもない。

リュカの船はみるみる近付いてきていて、船上の緊張が高まっていくのに比例してイリスの鼓動も早くなっていく。

「僕、船室に隠れてなくていいの」

ハルの隣にいるのは落ち着く。乗組員の顔を見ていられるのも、みんなの無事を確認できて安心するけれど——もちろん誰かが傷つくのを目の当たりにする可能性もあるし、その時に自分がじっとしていなければならないのはどんなにか苦しいだろう。

みんなの足手まといにならないようにするためには、船室で息を殺して蹲っているしかない。情けなくて悔しくても、自分にできる最良の方法だと覚悟している。

だけどハルはイリスの手を握って、離そうとしない。

その顔を仰ぐと、ハルは逡巡《しゅんじゅん》するように少し目を瞑っていてからゆっくりとイリスを見下ろした。

「お前を別の場所に隠して、またさらわれるのは御免だ。お前は俺が守る。傷一つ、指一本触れさせやしない。俺のそばにいろ」

一瞬、息が止まったかと思った。

イリスを見つめた金色の瞳は静かで、まるで朝焼けを浴びた凪いだ海のように美しい。その眼差しに溺《おぼ》れるように、イリスはどこか呆然としたまま小さく肯いていた。

だけど僕は足手まといになるんじゃないのなどと言い返そうものなら、ハルはきっと——自惚《うぬぼ》れかもしれないけれど——お前がさらわれるくらいなら心中したほうがマシだとか、そんなことを言い出すような気がした。

イリスの考え過ぎの傲慢《ごうまん》、願望にすぎないと思っていても、顔がかっかと熱くなってくる。

ハルが微塵《みじん》もそんなことを思っていないとしても、自分がそう言われることを望んでいるという事実だけで十分体が熱くなってくる。

「イリス」

気恥ずかしさで思わず顔を伏せていると突然甲高い声が耳に突き刺さった。

砲台についた乗組員に緊張が走る。気付くと、血みどろの海賊旗を掲げたブラッディローズ号はすぐ近くまで迫っていた。

「イーリース。さあ、こっちに来い」

船首に立ったリュカが長細い腕を大きく広げて笑っている。その狂気を帯びた表情にイリスが身を強張らせると、ハルの腕が強く抱き寄せて背後に庇われた。

「宝は見つかったのか？　蛇野郎《セルパン》」

「宝ァ？　そんなもんはなかった。お前が背中に庇ってる宝の地図、そりゃガセだぜ」

リュカの高笑いに煽られて、ハルの腕がピクリと震えた。

「ガセ……？」

思わずつぶやいたイリスの声も掠れた。

自分の体に地図が刻まれているなんて嘘だ、ハルの勘違いだと思ったことは何度もあったのに、他人の口からそう言われると頭から血が下がってその場にしゃがみ込みそうになる。

あるいはリュカの嘘かもしれないし、あるいは既に宝は他の誰かに奪われてもぬけの殻だったとか、いくらでも考えられるのに。

ハルにどんなつもりがあったにせよ、命がけで守ってくれていたイリスの胸の地図がまったくの嘘だったらと思うと目の前が暗くなっていく。

目の前のハルの背中から手を離そうとすると、その腕をぐっと引き寄せられた。

「そうか。そりゃご苦労だったな」

だからどうした、と笑い飛ばすようなハルの声に、イリスは目を瞬かせた。

呼吸も浅く、狭くなっていた視界が、燃えるような赤い髪の靡く青空を仰ぐと気持ちがふわりと浮かび上がるようだ。

地図が嘘だったとしてもイリスのせいじゃない。そう言われているようで。

「じゃあもう、俺たちに用はないだろう」

「それはお前が決めることじゃない、亡霊の坊や。……俺は、イリスを迎えに来たんだ」

リュカの抑揚の激しい口調で名前を呼ばれると、反射的に肩が跳ね、身が強張る。

ハルの背後に隠れていてもリュカの突き刺さるような狂気的な視線で舐められているようだ。自然、ハルのオーバーコートを摑む手に力がこもった。

「地図は役に立たなかったんだろう？　どうしてイリスに用がある」

ブラッディローズの近付く水音が、徐々に弱くなる。もう近くまで来ているということだろう。ということは、大砲での睨み合いも始まっているだろうし、その気になればどちらの海賊が乗り込んできてもおかしくないという距離だ。

本当に自分はここにいていいのか、イリスは祈るような気持ちで唇を嚙んだ。

「何故それをお前に言わなければなんねえんだ？　ガキは引っ込んでろよ。俺が欲しいと言ったものを、奪い取る権利が俺にはある」

ヴァルハラ号の甲板が、にわかに色めき立ったのを感じた。

それがリュカの言葉に対する反感なのか、あるいはブラッディローズ号の乗組員に動きがあったからなのかはわからない。

「ああ、まあそうだな」

鷹揚《おうよう》な仕種で首を回したハルが、小さく笑って吐き出した。

イリスが驚いて仰いでも、赤い髪が見えるだけで表情まではわからない。

「――お前がイリスにどんな大事な用があろうと、俺はイリスは渡さない。それだけだ」

腹から響くような、低い声。ハルがそういった瞬間、どこからともなく鬨《とき》の声があがった。

「！」

船が揺れて、大砲が撃ち出される。下層甲板の砲台からも鉛の玉が発射されて、ブラッディローズ号からロープを伝って色黒の海賊がなだれ込んできた。

「イリス」

「こちらへ！」

ハルがイリスを振り返り、手すりから離れるといつの間にか背後にフギンとムニンが駆けつけていた。三者に囲まれるようにして甲板の奥まで移動すると、あっという間に周囲が怒号に包まれていく。

「イリス、目を瞑ってろ」

熊のように大きな体をした男のカトラスを受け流しながらハルが叫ぶけれど、目なんて瞑っていられない。だけどカトラスを振るい、もう一方でピストルを撃って海賊を退けていくハルの姿を直視してもいられなくて、イリスは膝を震わせた。

毎日暢気に食事をともにしていた乗組員たちの誰も笑っていない。砲台はすぐに鳴り止んでカトラスがぶつかりあう音だけが響く。

ヴァルハラ号の甲板からもブラッディローズ号に

なだれ込んでいるようだけれど、そちらで傷ついた人はいないのか、下層甲板はどんな状態なのか。

イリスには心配することしかできなくて歯痒い。

「イリス様は私たちがお守りいたしますから」

「どうか、お気を確かに」

背中を向けたフギンとムニンに気遣われて、イリスはハッとした。

もし自分がここで恐怖に負けて気でも失おうものならそれこそお荷物になる。

敵から押されれば甲板の奥に移動し、道を切り拓けば前に移動しようとする動きに遅れることがないように気をしっかり保つことくらいしかイリスにはできない。

「うん！」

蚯蚓腫れが腫れ上がってきてるのだろう、ヒリヒリと痛む胸の前で拳を握りしめたイリスは、腹に力をこめて歯を食いしばりながら周囲を見回した。

ムニンの頭上から、ロープを手繰った小柄な海賊の姿がある、あれは、ヴァルハラ号では見なかった顔だ。

ムニンは目の前の短刀使いに応戦していて、気付いていない。

「ハル、ピストルを貸して！」

返事を待たず、背後からオーバーコートの中に手を入れて腰のピストルを一挺《いっちょう》拝借する。ハルが肩越しにこちらを窺ったような気がするけれど構っていられない。そもそもハルの腰には自分の腕の本数以上の得物が下げられているのだからちょっと借りるくらいいいだろう。

ピストルなんて握ったのは生まれて初めてで、命中する自信もない。

人を撃とうというのじゃなければ怖がる必要もな

いと自分に必死に言い聞かせながら、イリスは両手でピストルを構えてこちらに向かってくる海賊の握ったロープめがけて引鉄をひいた。

「イリス様」

結果は当然のように外れたけれど、ムニンにはイリスが何を撃ったのかわかったようだった。目の前の短刀を両手のカトラスで押さえたまま腹を蹴飛ばして転がすと、次の瞬間飛びかかってきた海賊にカトラスを突き刺す。

「……っ！」

目の前で血飛沫が上がるのは正視に耐えなかったけれど、仲間が傷つくよりはずっといい。

みんな、イリスを守るためにしてくれているのだから。

「イリスは渡さない……だぁ？　お前のもんかよ」

こみ上げてくる吐き気を無理やり飲み込んでうつむいていたイリスの耳に、リュカのまとわりつくような声が聞こえてきた。近い。ハッとして顔をあげると、ハルの目の前にゆらゆらと揺れる細い体躯をしたリュカの姿があった。

「俺が船に乗せたんだ。俺のものだろ」

「盗品じゃねえか」

まるで軽口を叩き合うかのような二人の間に、皮膚が削《そ》がれるような殺意が満ちているのがわかる。

あんなに混戦を極めていた甲板も、キャプテン同士が対峙すると誰からともなく後退っていく。

「俺が盗んできたんだから俺のものだよ。イリスは、俺のものだ」

片手にカトラス、片手にピストルを構えたハルが腰を落としてリュカの隙を窺っている。それはリュカも同じことで、こけた頬に気怠げな眼差しをしたもののすだれのような長い前髪の間からハルを見据えて息を殺している。

「それは違うぜ？　亡霊坊や」

リュカの腕には、大きなカトラスが一つ。

この距離ならばハルがピストルを撃てば片がつきそうなものだけれど、そうさせないほどの気迫がリュカから感じられた。

ハルがピストルを持った手をピクリと震わせでもしようものならリュカは一気に踏み込んできて、カトラスでハルの首を薙《な》ぎ払うだろう。そういう殺意だ。

ハルの真後ろに立ったイリスの肌が総毛立っていく。

気をしっかりもっていないと、目の前でハルの首が跳ね跳ぶ光景が瞼の裏に描かれそうなほど、リュカの迫力に押し負けてしまいそうだ。

もしそんな事態になればリュカもただではいられない。イリスを囲んだフギンとムニンも静かな炎を燃やすように、リュカを見据えている。

さっきまで頭が割れるほどの喧騒に包まれていた甲板が静まり返り、波の音が響く。頭上で、かもめが一声啼《な》いた。

「お前は知らないかもしれないなぁ。……イリスはもともと、ブラッディローズ号のものだ」

リュカが双眸を細めてにんまりと笑ったのが、ハルの体越しに見えた気がした。

ブラッディローズ号のもの？

意味がわからない。

呼吸をするのも忘れて目を瞠ったイリスを気にしてハルが振り返ろうとした、その時、風がヒュンと鳴いた。

「！」

数歩の距離があったはずのリュカが一息でその差

を詰めて斬《き》りつけてきた。

イリスの目の前を鈍色の光が奔《はし》って、身動きもできない。ハルがオーバーコートを翻してイリスを包むように庇い、刃を躱《かわ》す。思わず棒立ちになったイリスをハルが片手で抱きかかえてリュカにピストルを構える。

フギンとムギンも息を合わせてリュカを取り囲むように凶器を突きつけた。

「ハル……！」

とはいえ一瞬遅かったのか、真紅のオーバーコートの袖が破れ、はらりと鋭利な切り口が覗いた。ハルが腕を通していれば怪我を負っていただろう。そうでなくてよかったという気持ちより、紙一重だったということに胸が詰まって震えが走る。

「僕……が、ブラッディローズ号のものだって、どういう、こと……？」

三者にカトラスとピストルを突きつけられ、絶体絶命に陥ったリュカは前屈みの体勢のままピクリともしない。いや、できない。少しでも身動ごうものなら、ハルもフギンもムニンも、躊躇はしない。今度こそ目の前で、確実に息の根を止めるだろう。

リュカの息があるうちに――そんなことを考えている自分が信じられないけれど――イリスは、冷たい息を吐きながら尋ねた。

胸が痛いくらいに強く打って、さっきから目眩もする。頭が割れそうで、手足が震える。

潮の香りと血の臭い。男たちの怒号、カトラスのぶつかりあう音。

それらがなんだか近く感じたり遠く感じたり、妙に意識がふわふわとしている。気を失う一歩手前なのかもしれない。気をしっかり持たなくては。握りしめた掌に爪を立てて、喉を鳴らす。

「ハ、……そりゃあそうか。覚えてなくても仕方がない。あの時お前は、四歳だったもんな」

「あの――……時？　何を言って……」

リュカが、どうしてイリスの幼い頃を知っているのか。

四歳の頃、海賊。ブラッディローズ号。

目の前がチカチカと瞬いて吐き気がこみ上げてくる。

抑えたシャツの中の胸が疼くように傷んで、イリスは息をしゃくりあげた。

「黙れ！」

咆哮《ほうこう》するハルの声が遠く聞こえて、リュカの高笑いだけが耳に刺さる。

よろめいたイリスが思わず後退って、ハルのそばを離れた、その時。

「――っ、イリス！」

顔を上げたハルの金色の瞳が光った、ように見えた。リュカに突きつけたピストルを放り、イリスに覆いかぶさるように飛びついてくる。

何が起こったのか、にわかには理解できなかった。

割れるような音が響いたかと思うと、目の前が真っ赤に染まる。

ハルの髪の色だ、とぼんやり思った。――だけど次の瞬間熱いものがイリスの顔にぼたぼたと滴り落ちてくると、イリスはその場に崩れ落ちるように膝を折った。ハルの重い体が、のしかかってくる。

「キャプテン！」

誰かの叫ぶような声があがり、銃声が鳴り響く。間を置いて血飛沫を浴びながらマストから落ちてきたのはリュカの手下の海賊だった。

「――ハ、……ル？」

ハルの体が重い。

甲板にへたり込んだイリスの上でぐったりと脱力して——赤いものを、流している。それはイリスの顔や、胸や、腕の先までを浸して甲板の木目の上に染みをどんどん広げていく。

「ハル——……ハル？　ハル」

震える手で肩を摑むと、ハルのオーバーコートがはだけて中に着けた光沢のあるシャツがあらわになった。

その白いシャツが、真っ赤に染まっている。

「ハル！」

イリスが呼びかけても、返事がない。

「ハル！　ハル……っ、ハル」

何度も、割れるような声で呼びかけているのに。金色の目は閉じられて、イリスを見ようともしてくれない。

イリスは息をしゃくりあげてハルの冷たい体を掻き抱いた。

「ねえ、ハル……ハル」

目の前が、血と涙で霞《かす》んで何も見えない。

「——嘘、……でしょ。返事——……返事、してよ」

ハルがイリスの呼びかけを無視したことなんて一度もない。

それどころか、いつもイリスイリスとハルのほうから明るく声をかけてきたのに。初めて会った時から。

どうして黙ってるんだ。

返事をして欲しい。いつもの、子供みたいな笑顔を浮かべて。

「ハル、——……嫌だ、ハル」

自分の声とは思えないような嗚咽《おえつ》にまみれた声で呻きながら、イリスは腕の中にきつく抱きしめたハルの傷口を強く押さえた、押さえても押さえても、指の間から血が溢れてきて止まらない。

――イリス、お前は生きるんだ。

首を振って、何度もハルの名前を呼びかけるイリスの耳元で誰かが囁いたような気がした。

ハルの声じゃない。

イリスにそう言ってくれた人は、――もうこの世にはいない。

「あ、ぁ……っあぁぁあ、ぁぁあ……っ！」

胸が痛い。まるで自分まで銃弾で撃たれたみたいに。

いっそそうならいい。撃たれたのが、自分だったら良かったのに。

イリスを庇ったハルを失うくらいなら。

イリスは力の限り叫び声をあげると、ハルの体を強く掻き抱いた。

◆　◆　◆

潮の香り。

男たちの怒号。

足元から間断なく突き上げてくる船の揺れに脳を揺さぶられながら、幼いイリスは身を硬くして蹲っていた。

イリスの頭を割るような男たちの乱暴な声は、怒っているのか笑っているのかもわからない。あるいは悲鳴や歓声なのかも。割れるような大きな声が重なって、イリスの耳を劈《つんざ》いている。

イリスは浅い息を弾ませながら、小さな手で胸の前をぎゅっと押さえて後退った。

胸が痛いくらいにドキドキして、全身を冷たい汗

が伝う。

潮の匂いには、酒と、肉と——それから血の臭いが入り混じって、イリスは吐き気を飲み下すので精一杯だ。

もう生きた心地などしない。それとも自分はもう生きてなどいないのかもしれない。波に突き上げられる浮遊感で目の前がぐるぐると回る。

四角い顎に髭をいっぱい蓄えた大男が、ガラガラとした笑い声をあげながらイリスを振り向く。

イリスは弾かれたように目を強く瞑って、震える膝を叱咤した。

恐怖と絶望で、体に力が入らない。だけど、ここから、逃げださなくちゃ。

でも、どこへ？

ここは大海原の真《ま》っ只中《ただなか》で、船を逃げ出したって魚の餌食になるだけだ。


今この瞬間たしかに息をしていたって、生きているとは言い難い。

イリスの小さな命は、もはや自分の意志ではどうにもできない。この男たちに握られているのだ。

——こわい。

しゃくりあげると、まるで短い悲鳴のような声が漏れた。それを、毛むくじゃらの男たちが笑う。

大きな手が伸びてくる。イリスが背後の壁に身を押し付けてもそれは容赦なくイリスの細い腕を掴んで、まるで物のように乱暴に手繰り寄せた。

男が大きな声で、何か言っている。恐怖で縮こまったイリスには、霞がかったように聞き取ることができないけれど。

あっけなく甲板の床に放り出されたイリスは一瞬息ができなくなって、少し吐いた。

朝ごはんはお母さんが作ってくれたキッシュだっ

たのに。

背中を波打たせて甲板に頰を押し付けえづいていると、小さなイリスを取り囲むように屈強な男たちが集まってきた。手にはカトラスを握っている。

「――……！」

イリスは頰を汚した自身の吐瀉物《としゃぶつ》を拭うことも忘れて、影になった男たち――海賊を仰いだ。

嘘みたいによく晴れた青空に、無情にもカトラスの鈍い光が振り上げられる。まるで、戯れに追いかけ回した仔《こ》ウサギの捕獲を喜ぶかのように。

男たちの気まぐれ次第でそう遠くもないうちに自分の頭と胴体が切り離されることを想像したイリスは、血で濡れた甲板の上で体を丸くした。

その時。

割れるような轟音とともに船が大きく揺れた。

「畜生！」

誰かが叫んだ。イリスを囲んでいた男たちが散り散りになって、砲弾を打ち込まれたらしい船の横腹に向かっていく。

助かったと思ったのも束の間、一人の男がイリスの存在を思い出したように引き返してきた。

「お前はこっちだ！」

逃げ出すような気力も残っていないイリスの銀色の髪を摑んで、乱暴に立たせようとする。

細い髪は何本も音を立ててちぎれて、イリスは顔を歪めた。

イリスは仔ウサギでも畑で収穫されるにんじんでもなんでもない。今朝までは陸地でのんびり暮らしている、ただの子供だったのに。

どうしてこんなことになったのかわからない。

思い出したように涙がこみ上げてきて、イリスは心細さに声を殺して泣き出したくなった。

「ピーピー泣くんじゃねぇよガキ！　テメェなんか、地図さえ手に入ればさっさと――」

露骨に怒りの表情をあらわにした男が忌々しげに怒鳴り、イリスを再び甲板に叩きつけようとした。

それを、甲高い金属音が阻む。

「！」

イリスは思わず、涙と吐瀉物に汚れた顔をあげた。

そこには小さな体に大人用のオーバーコートをたなびかせた少年が立っていた。

「おいで、こっちだ」

カトラスを構えた少年は、どう見たってやっぱり海賊でしかないのに。

強い光で顔もよく見えないその少年の明るい声に引き寄せられるように、イリスは気付くと必死に腕を伸ばしていた。

「なんだぁ？　このガキ……ッ！」

イリスを渡すものかと背後に回そうとした男が、銃身の長いピストルを構えて少年の頭に照準を合わせる。この至近距離で外すはずもない。

目の前が真っ赤に染まることを想像すると、ぞっとした絶望的な気持ちに襲われてその場にしゃがみこんだ。

だけど次の瞬間聞こえてきたのは銃声ではなくて――金属音に空を仰ぐと、カトラスに弾き飛ばされたピストルが弧を描いて海に落ちていくのが見えた。

ぽかんと口を開けたイリスを、少年の腕が引き上げる。

少年の顔は見えない。

だけど、大きく口を開けて愉快そうに笑っているのはわかった。大きな大人じゃない。少し見上げれば手が届きそうなところに顔がある。

「ッハハ！　この子は俺がいただいていく！　ざま

ぁみろ！」

精悍《せいかん》な声に、潮の香りが入り交じる。あるいはイリスがしがみついた大きなコートに染み付いた香りかもしれない。だけどその香りはまるで、イリスを穏やかな海に包まれているような気持ちにさせた。

「テメ……っ！　そいつがなんだか、わかって言ってんのか！」

腕を押さえた男が喚くと、少年はイリスを抱えたままさっさと踵を返す。船の下には小型船舶が停泊していた。

気付くと甲板の上は既に戦場と化していて、遠くに見える大きな母艦から砲弾を放った後は小さなボートで乗り付けた男たちが襲い掛かってきていたのだろう。

「知るか。バーカ！」

大きく舌を出して笑うこの少年だって、その海賊のうちの一人。

海賊の手を離れても別の海賊にさらわれたにすぎないのに。

少年のカトラスは、イリスを傷つけないような気がする。そう信じたかっただけかもしれない。

とにかく一刻も早くこの船から逃げ出したかった。

「お前、名前は」

しがみついたコートに顔を伏せたイリスに、少年が尋ねる。

イリスはおそるおそる顔を上げた。

「……イリス」

イリスは掠れた声で答えながら、海賊たちの入り乱れる甲板を振り返った。

そこには、イリスと名付けてくれたお父さんとお母さんの亡骸があるはずだった。とてもここからでは見えないけれど。

「イリス」

　甲板を振り返ったイリスを不安がっていると思ったのか、少年がぎゅっと強く手を握って目を合わせてくれた。

　今となっては顔も覚えていないのに、その目の金色の煌《きら》めきだけは鮮明に思い出せる。

「大丈夫だ。怖くない」

　少年が優しく言ってくれると、イリスは自然と肯いていた。肯いた拍子に、両目からぽろぽろと涙の粒が落ちてくる。

　――おとうさん、おかあさん。

　イリスは最後に胸の中で小さく呼びかけた。

　押し潰されるような恐怖から救われると心細さと悲しさ、喪失感で胸がいっぱいになっていく。

「イリス、これからは俺が一緒だ。だから、怖くないよ」

　少年はそう言って、強くイリスを抱きしめてくれた。

◆　◆　◆

「――ぅ、……ん」

　乾いた血のこびりついた長い指先がぴくりと震えると、イリスは弾かれたように椅子を立ち上がった。

「ハル！」

　大きな声をあげて呼びかけると、部屋の外にいたはずのフギン、ムニンが飛び込んでくる。開け放たれたドアからは乗組員たちが息を詰めて顔を覗かせた。

「キャプテン、聞こえますか」

「キャプテン」

フギン、ムニンの必死な声に続いて扉から部屋の中を覗くだけの乗組員からも次々に声があがる。髭に白いものが目立つ年配者なんかは、もう目を赤く泣き腫らしていた。

眉が二、三度引き攣るように震えた後、また小さく呻き声を漏らしたかと思うとゆっくりと左目の瞼が開く。

フギンとムニンが声をあげると、扉の外も歓声に包まれた。

「――うるせぇな……」

ハルの乾いた唇が掠れた声を漏らすと、また大騒ぎ。

イリスは大きく息を吐き出して、今立ち上がったばかりの椅子にへなへなと座り込んだ。

ハルが凶弾に斃れてから三日。久しぶりに息をしたような気がする。

どっと体が重くなって、壁にでももたれかかっていないと床にひっくり返ってしまいそうだ。

「イリス？」

三日ぶりに意識を取り戻した首領の祝杯だと宴会の準備に走り出す乗組員や、キャプテンの顔をひと目見たいと言い募って室内に入り込もうとする者。祭りのような騒ぎの中で一人緊張の糸を切らして呆然としてしまったイリスの姿を探して、ハルがベッドの上で身を起こそうとした。

「！　まだ起きちゃダメだよ！」

我に返ってイリスが声をあげるのと、ハルが背中の痛みに顔を顰めるのは同時だった。

「まだ傷は――……塞がって、ないんだから」

椅子を立ち上がってハルの肩を押さえる。

ハルが背中に受けた銃弾を思い出すと、今でも震えが走って泣き出しそうになってしまう。

あの後のことは、自分でもよく覚えてない。フギンやムニンが言うにはまるで何かに取り憑かれたかのように鬼気迫る様子でハルの傷口に鋏《はさみ》を入れ銃弾を取り除くと、止血のために何時間でもハルの背中を圧迫していたらしい。

他に代わるという人がいても、まるで自身が手負いの獣にでもなったように誰も寄せ付けず、自分も血まみれになったまままずっとそうしていた、らしい。

イリスが覚えているのはハルの血が止まるようになってきて、船室に移動させたほうがいいとムニンから声をかけられた後のことばかりだ。

異物は取り除き、止血はした。それでもおびただしく流れ出た血が戻るわけではないし、感染症の可能性だってある。

大きな怪我を負った患者が、昼間のうちは意識があったのに夜になって突然痙攣を起こし、あっという間に死んでしまうこともある。診療所では珍しいことでもなかった。

だからイリスは、ハルが目を覚ますまで何日でも、何ヶ月でも付き添っていると決めていた。

息をしているうちは、まだハルは死んでいない。

ヴァルハラ号に真水が豊富だったことは幸いだった。傷口をきれいに拭い、体が冷えないように定期的に四肢をマッサージしてこの三日間を過ごしてきた。

正直を言えば、もっと長期戦になると思っていた。

「……っ良かった……」

いつもはアイパッチに覆われていた右目の裂傷と、何事もなかったかのように以前と同じ曇りのない金色の瞳に見上げられると自然と涙が溢れてくる。

イリスの両目から溢れた大きな雫《しずく》がハルの頬に滴

り落ちると、くすぐったそうにハルが小さく笑った。

「ずっと看病しててくれたのか」

三日前までと同じように笑ってくれたかと思うとすぐにまた表情を歪めたからどこか痛むのかと尋ねようとすると、右手を擡《もた》げるのに背中が傷んだらしい。

何をしてるんだじっとしていろと叱り飛ばすより先に、涙に濡れた頰を撫でられてイリスは言葉に詰まった。

イリスを庇って生死に関わる傷を負ったハルが笑っていて、イリスが泣きじゃくっているなんておかしいのに、涙が止まらない。涙を拭ってくれるハルの指先のほうがよほど、傷に触れるみたいに優しくて。

「……だって、僕をヴァルハラ号のドクターだって言ったのはハルじゃないか……」

「そうだな。凄腕《すごうで》のドクターだ」

ハルは腕を持ち上げているだけでもつらいだろう。腕の重みを少しでも支えられるようにイリスが頰の手を握り返した時、隣で咳払いが聞こえた。

「！」

過敏に肩を震わせて振り返ると、そこにはにこやかな微笑みを浮かべたフギンとムニンが立っている。その背後には、既に酒を手にした乗組員たちからの視線も。

かっと顔を熱くさせたイリスが慌ててハルの手を離そうとすると、逆に握り返されてしまった。

「ヴァルハラ号のドクター……というわりには他のクルーには見向きもしなかったようですけれど」

「キャプテンにばかり、それはもう献身的な看病でしたね」

双眸を細めて唇には完璧《かんぺき》な弧を描いた双子の笑顔

にいたたまれなくなってイリスは口を開いたものの、反論する言葉が出てこない。

ハルが一番重篤の患者だったことはたしかだし、イリスを庇って瀕死《ひんし》の重傷を負ったのだから当然だと言えば当然なんだけれど——どうにもそれだけとは言い難い、自分のよこしまな心が邪魔をして。

「寝ずの看病で、イリス様まで倒れられてしまうのではと気が気じゃありませんでしたよ」

握られた手をベッドに落として熱くなった顔を伏せているイリスをひとしきり揶揄した後でムニンが言うと、ハルが目を瞬かせた。

「休んでないのか?」

「べつに僕は……いいよ。かすり傷ひとつ負ってないんだし。三日くらい」

とてもハルの顔を見ていられなくて視線を伏せたままイリスが唇を尖らせると、捉えられていた手が急に離された。思わずあっと声をあげそうになったイリスが目を瞠ると、ハルが扉に向かってひらりと手を振る。

「ドクターはお疲れだ。お前ら、散った散った」

「べつに僕は、疲れてなんか……」

看病といったって本物のドクターでもなければ本当に、できることしかできなかった。ほとんどはハルの眠るベッドの傍らで神に祈っていることくらいしか。

そんなイリスが疲れているだなんて大袈裟に気遣われる筋合いはないのに、ハルの号令で多くの乗組員たちは乾杯の声をあげながら扉を離れてしまったし、フギンとムニンも会釈を残して部屋を出て行ってしまった。

ベッドの上のハルと、イリスだけを残して。

「……ハル、熱はない? 寒気とか」

部屋の中が急に静かになると、イリスは少しだけ疲労感を覚えてベッドの近くへ椅子を手繰り寄せた。

「ああ。すごくよく眠ったって感じだ。すこぶる快調」

「本当に？」

嘘をつかれでもしたら、打てる手も打てない。

ビフレスト諸島に医者は少ないというから、進路を変えて腕のいい医者がいそうな栄えた町へと一度寄港すると決めたのはフギンだった。それも、イリスがヴァルハラ号にあるだけの薬では足りないと言ったかららしいけれど、よく覚えてない。

ハルが目を覚ましたからといって、海の真ん中にいたのでは容態が急変した時に手を打てない。最寄りの港に入って立て直すべきだとは思う。

「本当だ。……それに、お前が無事でよかった」

ハルが掌でブランケットの上を叩くと、イリスは咄嗟にその手を握った。反射的にそうしてしまっただけだけれど、ハルが満足げに笑うとイリスは安堵の息を吐いた。

「――……助けてくれて、ありがとう」

ハルの大きな手を両手で包みこむと、イリスは視線を伏せた。

「お前を無傷って帰すって約束したからな」

「ううん。今回のことじゃないよ」

ハルの「照れ隠し」は今に始まったことじゃない。無傷で帰すと言ったから助けただけだと言われて傷ついたのは、イリスがヴァルハラ号を降りたくないと感じていたからだ。

ハルがいつかイリスを港町に帰すつもりでいることは確かなのかもしれないけれど、それだけじゃない。

ハルはずっと昔からイリスを助けてくれた。

「僕、――思い出したんだ。父さんのこと」

イリスの手の中で、ハルの指先がピクリと震えた。

顔を窺うと、眉を顰めたハルが何か言い淀むように唇を結び直す。

四歳の頃の記憶だから、曖昧なところだらけだけれど。それでも両親の顔や、心に深く刻まれた恐怖心ははっきりと思い出せる。

――イリス、お前は生きるんだ。

イリスを強く抱きしめて今際の言葉を残した父の声が、どうして今まで思い出せなかったのか不思議なくらいだ。

「思い出させちまったか、……悪い」

何度も言葉を飲み下したハルが、ようやく声を絞り出すとイリスの手を強く握り返した指先が震えている。

「ううん。思い出せてよかった。……あの時僕を助けてくれたのも、ハルだよね」

いつも夢に出てきた、つらく苦しい、寂しい思いに折れてしまいそうなイリスを助けに来てくれる優しい人の声。

どうして気が付かなかったんだろう。

あれはイリスが幼い頃に助けてくれた、ハルの声だ。

「どうして父さんや母さんが海賊に殺されたのかは、僕にはよくわからない。何が起こったのかも、あんまりよく覚えていないんだ。……だけど、ハルに助けられて、港に着くまでずっとそばにいてくれたことは思い出したよ」

イリスを助けてくれた小さな海賊は、両親を亡くして絶望に暮れたイリスのそばにずっといてくれて、食事も、寝るのも一緒だった。

潮の香り、船の揺れ、大人の海賊の野太い声にたびたび惨状を思い出しては震えるイリスを強く抱きしめてくれた。何時間だって。

イリスが食事を食べられないと言えば自分も食べないと言いだして、困ったイリスが「食べたくないんじゃなくて飲み込めないいんだ」と言うと、パンをミルクに浸して柔らかくして流し込む方法を二人で試した。

イリスが港に送り届けられるまで、一体何日間の航海だったのかはわからない。

だけど船を降りる時にはイリスは少年との別れを寂しがって、少し泣いたような気がする。

教会に引き取られてしばらくは、一人で眠る夜が少し怖かった。だから毎晩のように彼のことを夢見た。

時が経つにつれて、それが悪夢のように思い込んでしまっていたけれど。

それでもハルはいつもイリスを悪夢の中から助けてくれた。いつも、必ず。

「僕の地図は、……父さんが残したものなの？」

「ああ」

ハルの手から片手を離してそっとシャツの中の胸を押さえる。

ハルが銃弾に倒れた直後は胸が腫れ上がって痛くて痛くてたまらなかったけれど、今はなんともない。イリスが怖い目に遭うと傷が浮かび上がってしまうのは、父のことを思い出してしまうからなのかもしれない。

ハルを失うことがなくて、本当に良かった。

イリスは改めてハルの手を強く握りしめた。

「リュカが言ってた、お前が元はブラッディローズ号のものだって話」

天井を仰いだハルの目は静かで、瞬きも少ない。

小さく相槌を打つと、ハルの親指がイリスの掌をくすぐるように撫でた。

「お前の父親――サミュエル・ジュエルが漁の最中に宝の眠る島を見つけたって噂になって、当時リュカがキャプテンになったばかりのブラッディローズ号がサミュエルを、……いやお前たち家族を拷問にかけたんだ」

無意識にイリスが喉を鳴らすと、ハルが視線だけを動かしてイリスを窺った。

この話をやめるかと尋ねられているようで、イリスは黙って頭を左右に振りかぶった。当時の大人の事情はわからないけれど、船上の血生臭さはもう思い出してしまっている。知らないでいる理由は何もない。

「宝の在処を知っている人間ただ一人なら、拷問に耐えられるかもしれない。誤って殺してしまえば宝は闇の中だ。それならば、対象の大切なものを拷問にかける――吐き気を催すような話だが、海賊にはありがちなことだ。リュカは特別胸糞《むなくそ》の悪い野郎だけどな」

嫌悪感をあらわにしたせいで、力が入ったのかもしれない。ハルが顔を顰めて小さく呻き声を漏らすとイリスは椅子を立ち上がってハルの肩をさすった。

傷が塞がるまで、こうして宥《なだ》めてやることしかできない。痛みを代わってあげられたらいいのに。だけどイリスが肩を撫でていると、ハルは痛みが楽になったかのように静かに息を吐いて、イリスの瞳を覗き込んだ。

「サミュエルはそんな中で、お前の体に傷を残したんだろうな。誰にも見つからないように、そしてお前だけでも助かるように」

果たしてイリスは幼いハルを乗せたモービーディ

ック号に助けられて、この歳まで地図のことも知らず、海賊を嫌悪して生きてきたというわけだ。

両親を亡くしたショックを癒やしてくれた小さな海賊のことも忘れて。

「――まあでも、そのお前をまた海上に引きずり出してきたら世話ないな」

「でも、ハルは僕を助けてくれたでしょ」

元はと言えば、港でガラの悪い海賊から。奴隷船の男からも、リュカからも。

おかげでイリスは傷一つついてない。

「いやでも、立派な海賊嫌いになってたお前をわざわざ海にさらってきたのは俺だしな」

眉を顰め、強く目を瞑ったハルが小さくため息を吐くと、イリスは首を竦めて苦笑した。

「でも僕はまたハルに会えて、昔のことを思い出せてよかったと思ってるよ」

「良くねえよ。目の前で両親を亡くして自分も死ぬような目に遭ったんだぞ？　そんなこと忘れていたほうがいいに決まってんだろ」

荒々しく吐き出したハルの顔が顰められているのが、傷が痛むせいなのかどうかはわからない。

だけどイリスはムッとして、肩をさする気にもなれなかった。むしろ傷の真上をつついてやりたいくらいだ。

「忘れていたほうがいいかどうかなんて僕が決めるよ。ハルには関係ないだろ」

「関係ないわけあるか！　お前に怪我こそさせてないが、心の古傷を俺が抉ったも同然だ！」

「――――……っ！」

ハルの言うことが照れ隠しかどうかなんて知らない。

もしそうだとしたって、イリスを怒らせるのには充分すぎる言葉だった。

かあっと頭に血を上らせたイリスは強く握りしめた拳を震わせると、枕の上でそっぽを向いたハルの顎を掴んで――その唇に、噛み付いた。

「……！」

文字通り目と鼻の先で、ハルの金色の目が大きく見開かれている。

呼吸も止まってしまったみたいだ。多分、イリスも。

やんわりと歯を立てたハルの下唇はやわらかくて温かくて、少ししょっぱいような気がした。

「………や、……やっと黙った」

まさか怪我人を殴りつけるわけにはいかない。あくまでも黙らせるためにやったことだと口に出して自分に言い聞かせながら、イリスはぎくしゃくと椅子に腰を戻して、そっと自分の唇を拭う。まだ、ハルの感触が残っているようだ。

「――……、」

ハルはまだ、固まっている。イリスに顎を引き寄せられた角度のまま。

その啞然とした表情を見ていられなくて顔を伏せると、全身から汗が吹き出してくる。

膝の上で握りしめた手が震えて、じっとしているのが難しいくらい胸が騒いでいる。

人と唇を合わせたのなんて、初めてだ。

あくまでも黙らせるためだ、とはいえ。

そんなの、イリスがさっさと部屋を出ていけば済むだけのことなのに。ハルのそばからは、離れられない。離れたくない。

「……まさか、イリスにまた会えるなんて思ってなかったんだ」

まだどこか呆然としたような口調でハルがぽつり

とつぶやいても、イリスは熱くなった顔をなかなか上げられずにいた。

言葉を探して気まずそうに声を詰まらせるハルと、押し黙るしかないイリスと、部屋の空気はひどくいたたまれないけれど、重い空気じゃない。胸は苦しいのに、どこかくすぐったい。

「だから、偶然寄港した町で出会ったお前がイリスだってわかったら、その……浮かれたんだ。まさかお前が何もかも忘れてるとは思わなくて。俺のことを覚えてないくらいかと思って」

「っ！」

ハルのことを忘れるはずがない。

すがるようにイリスが顔を上げると、こちらを見つめたハルと視線が絡んだ。

おそろしかったこと、悲しいこと、つらいことは全部忘れてしまっていたけれど、ハルのことだけを覚えていたくらいだったのに。とはいえ、ついこの間までハルが夢の中の少年だったと気付いてもいなかったのだから何も言えたことじゃないけれど。

「またお前と一緒に航海できるかと思って——お前と一緒に、お前の父親の残した宝を探しに行きたくて」

「……っハル……」

胸がいっぱいになって、それ以上言葉が続かない。ハルが怪我を負っていなかったら今すぐ飛びついて、言葉じゃなくて抱きしめる腕の強さで自分の気持ちを伝えたいくらいだ。

子供の頃に戻ったように、ぎゅっと強く抱きしめたい。

宝に興味がないはずのハルが、イリスと一緒に探したいと思ってくれていたことが嬉しくて仕方がない。

自分の体に地図が刻まれているなんて忌々しいことだと思っていたけれど、なんだかイリスとハルを引き合わせてくれたように感じられてくる。

イリスは地図の隠された胸を押さえてはにかみながらうつむいて、……首を捻った。

「ん？」

ふと、ヴァルハラ号にやってきてまだ間もない頃に初めてこの部屋――ハルの部屋に連れられてきた時のことが頭を過ぎる。

たしかにあの時は自分の体に地図が刻まれているなんて信じていなかったし、どうすれば現れるかもわからなかった。だけど。

訝しげに表情を曇らせたイリスがハルに視線を戻すと、きょとんとした顔がこちらを向いている。

「じゃあさ、地図を浮かび上がらせるために僕の体に触ったりしたのは何だったんだよ」

「え？」

目を瞬かせたハルの頬が、強張る。

ハルはイリスの地図がどうして刻まれたのか、誰に刻まれたのかも最初からわかっていた。だとしたら。

「僕の父さんがそんなことで地図が現れるようにするはずないじゃん」

セックス、とか。

いまだにあの時ハルに触れられた掌の感触や唇を思い出すとじっとしていられない気持ちになる。

リユカに触られた時は一刻もはやく忘れてしまいたくて肌が赤くなるくらい何度も体を拭ったけれど。

ハルのことは、なんだかちょっと違う。

「いや、あの――……それは」

ハルが言葉を濁し、寝返りも打てないベッドの上で首だけ捻ってそっぽを向く。

あの時のハルの妖しい囁きは、イリスがハルの部屋に寝泊まりするようになってからもたびたび思い出しそうになって慌てて頭から追い出したりした。

思い出せば、また体が熱くなってしまうから。

あの時首筋や耳に押し付けられた唇に、今しがた自分から嚙み付いたばかりだけど。

そう意識すると、また胸がうるさいくらいに高鳴り始める。どうしたら収まるのか、自分でもよくわからない。

「……初恋の相手が大人になって可愛くなってたら、……そりゃちょっかい出したくなるだろ、男なんだし」

そっぽを向いたままのハルがどこか拗ねたような声で漏らすと、イリスは目を丸くして息を吞んだ。

「初恋?! 僕が男だって気付いてなかったの？」

「そりゃさすがにわかってたよ！ お前ガキの頃一人で用も足せなかったろ！」

イリスはぐっと言葉に詰まって、視線を彷徨わせた。

さすがにそこまでは覚えていなかったけれど、言われてみればたしかにそんな気がする。とにかくモービーディック号では寝ても覚めてもハルと一緒で、ハルの姿が一瞬でも視界から消えでもしようものなら絶望的な気持ちになっていた。船の上で一人になったら死んでしまうと信じていたくらいだ。

あの時、ハルはイリスのすべてだった。

「……まあほら、ガキの頃の話だし」

苦い顔をしたハルが付け加える。

思わずえっと声をあげそうになった唇からは、掠れた空気だけが漏れて、宙で消えた。

それは、その通りだ。

ハルにしてみたら大人ばかりの海賊船の中で唯一

年の近い、自分に懐いた子供が初恋のような気がしても、もしかしたらおかしくはないのかもしれない。イリスは今でも女のようだとからかわれるくらいだし。

だけど、子供の頃の話だ。

再会して懐かしみはしても、べつに、だから何という話じゃない。

当然だ。

そうだよねと笑って、女性にするように触れたハルへの憎まれ口を叩いて済ませればいいだけの話だ。だけど、さっきハルに噛み付いた唇が強張って震えて、笑うことも言葉を紡ぐこともうまくできない。

「イリス」

硬直して立ち尽くしてしまったイリスに細く長いため息を吐いたハルが、またベッドの上で掌をぱたぱたと上下させる。

「な、……何?」

招かれるようにベッドへ身を寄せ、手を握る。すると怪我人とは思えないほどの強い力で強く手を引かれてイリスはぎょっとした。摑んだイリスの手を自分の口元まで引き寄せる、それだけでも少しも痛くないなんてことはないはずなのに。

驚いてハルの顔を見下ろしていると、指先を摑んだイリスの手の甲を短く吸い上げて、金色の目がいたずらっぽく煌めいた。

「……！」

ハルの唇のやわらかさを手の甲にまざまざと感じると、また体がかっと熱くなってくる。

イリスがそのまま硬直していると、指の付け根にまた唇が押し付けられる。伏せられたハルのまつ毛が長くて、ただそんなことに気付くだけでも鼓動が早くなって、息もできない。

「ハ、ハル……っ」

「あぁ、かっこ悪いな、俺。ベッドから起き上がることもできないんじゃ、イリスにキスもできない」

わざとらしく吐き出されたため息さえもイリスの指の間をくすぐり、ゾクゾクとした妖しいわななきを覚える。

「き、き……っキスって、」

さっき、イリスがハルに噛み付いたのは一体なんだろう。もしあれがキスになるのなら、イリスにとっては初めてのキスだ。そう意識するとますます正気で立ってはいられなくなって、ハルに掴まれた手を引っ込めてしまいたくなる。

だけどハルはそれを許さないとでも言うように指先に力をこめて、唇は寄せたまま、ちらりとイリスの顔を窺った。

「――……唾液に、消炎作用はないんだけど」

キスはお姫様を起こすための気付け薬の作用もないし、キスをしたってハルの傷が早く治るわけじゃない。

イリスがハルにキスをする、合理的な理由はない。するとしたら、理由なんて一つしかない。

イリスの強張った声に息を吐き出すように笑ったハルが、腕を上げる。

身動げば傷が開いてしまうのに痛そうな顔一つ見せずイリスを招く腕に、上体を屈めないなんてことはできない。

この三日間、祈るような気持ちで何度もマッサージをした腕に血の通った温かさを感じる。首の後ろにハルの体温を感じながらベッドに手をついて、顔を寄せる。

キラキラと光って見える金色の目が細められて、まつ毛が頬に落ちるとイリスはたまらなくなって自分もぎゅっと目を瞑った。

唇にやわらかな熱が吸い付いて、すぐに離れる。

イリスが息をついて目を開けようとすると、首に回された腕が強くなってもう一度、今度は唇を食《は》むように吸い上げられて思わず声をあげそうになった。

「……っん、ぅ」

驚いて息をしゃくりあげたイリスの唇の内側を、濡れたものが這ってまた吸い上げられる。慌てて唇を閉じようとすると熱いものが滑り込んできて、それがイリスを舐めあげるだけで体の力が抜けていくようだ。

「ぁ、……待っ、ん、……っん、ふ……っん」

ベッドについた手を握りしめるけれど、力が入らない。

体が熱くなりすぎているせいか息が継げないせいか、頭がぼうっとしてくる。どうしていいかわからなくて息も苦しいのに、ハルにそれを止めて欲しくなくて、イリスは自分から首を伸ばしてやわらかい唇に吸い付いた。

さっきはしょっぱいようだと感じたハルの唇も、もう自分のものと同じ味になってきた。このままでは互いがとろとろに蕩《とろ》けて、混じり合ってしまいそうだ。

「んぁ、……あ、ハル、……っハル」

枕の上に広がるハルの赤い髪に触れる。ハルの唇が、少し笑ったように感じた。こうして唇を合わせていると、目を閉じていても表情を感じ取ることができる。それだけじゃなく、鼓動も、気持ちまで通じ合えそうだ。

ハルにもイリスの気持ちが伝わっているだろうか。

もっとハルが欲しい。気持ちも肌も、鼓動も熱も、全部。

「――……初恋は、子供の頃の話……なんじゃなかったの」

ひとしきり唇も舌も合わせてから、息を継ぐためにイリスが顔を上げようとすると、ハルの腕がそれを拒む。結局口先を合わせた距離のまま呼吸を整えて、イリスはおそるおそる瞼を開いてハルの顔を窺い見た。

ハルはそれをあやすようにちゅっと水音をたてて口先をついばむと、どこか恍惚《こうこつ》とした表情で微笑む。

「大人になってからの話は、俺の傷が治ってからゆっくり……な」

ハルの熱い吐息がイリスの濡れた唇を焦がす。

イリスは胸を締め上げるその熱に再び瞼を落とすと、吸い寄せられるようにハルの唇に貪《むさぼ》りついた。

◆　◆　◆

「よっしゃー！　大漁大漁！」

甲板からの歓声が聞こえてイリスは足を止めた。

ハルの療養のために半月ほど港町に停泊していたおかげで、日用品や食料品を大量に補充することができた。おかげで積荷の管理が大変で、イリスはそのお手伝いをするのが日課となりつつある。

とはいえ、ヴァルハラ号は盗み食いや、料理長の横領などがないから平和な船だ、と元は別の船の海賊だったという積荷管理のチーフがしみじみ言っていた。

彼は海賊団内での私闘が原因で孤島に置き去りの刑に処されていたところを、ヴァルハラ号に発見されて乗組員となった。

彼の私闘のきっかけは料理長の食糧横領を追及したせいであり、海賊船ではそんな犯罪がままあるのだという。

海賊は肌の色や生まれの違いで差別されることのない平等な組織だと言われている——らしい——けれど、やはり食料や水、武器などを管理するものの立場が強くなって諍いが起こることは避けられないのだとか。

その点、ヴァルハラ号は暢気なものだ。

そもそも奴隷船や漂流者、それこそ孤島に置き去りにされて餓死間近という人たちを救うことが多いせいで、新入りが食糧庫に忍び込むことなど日常茶飯事だ。

だけど人の胃袋には限界があるし、盗みに入ったことが露呈してもそれを責める人など誰もいない。

キャプテンのハルからして「お腹が空いてるなら言えばいいだろ」とあっけらかんとしているし、積荷を管理している本人も飢えを経験しているからこそ寛容だ。

責められないと知ると彼らはやがて盗みに入る前に空腹を訴えるようになってくるし、そうなると乗組員全員での宴になだれ込む。

胃袋も気持ちも満たされるようになると人は不安を覚えることがなくなってよく笑うようになるのだとハルが言っていた。

そんなことを言っても食糧が底をついてしまったらどうするのかというのは愚問だ。

甲板では今日も乗組員たちが海に釣り糸を垂らして食糧の補充を試みている。

「このあたりでは何が釣れるの？」

「ドクター」

元漁師の乗組員に今日釣りを教わったばかりのド

ナルドが、イリスの声にいち早く顔を上げて得意げに釣り糸を掲げてみせた。

先端に鉤針のついたその釣り糸には、銀色の魚がぶら下がって尾びれを跳ねさせている。

「ええと、これは……ニシン？」

小ぶりながら脂をいっぱい蓄えた白銀の魚はまるまると太っていて、喉に刺さった鉤針から逃れようとして暴れると釣り糸がちぎれてしまいそうだ。

「お、さすがドクター！　博識ですね」

「一応港町育ちだからね」

たしかにニシンはよく水揚げされていたし、教会で食べることは少なかったけれど見かけることは多かった。

だけど、それだけではない気がする。

大漁と騒がれるだけあって甲板にいっぱい釣り上げられたニシンの大群を見ていると不思議な気持ちが襲ってきて、イリスは胸を押さえた。

「イリス」

その時、船室からハルの声が聞こえた。振り返ると、ハルが手招いている。

港町で外科手術の経験があるという医師に出会い傷口を縫合してもらったのが良かったのか、ハルは先日からベッドを起き上がり、歩くこともできるようになってきた。

イリスは船に上がったニシンを踏んでしまわないように慎重にハルのもとへと駆け寄った。

「まだ安静にしてなきゃだめだろ。何か用？　水？それとも、どこか痛む？」

いくら動けるようになったからといって、力を入れたら傷が開きかねない。イリスが眉を顰めて心配しながらそばまで行くと、肩に腕が回ってくる。怪我人なのだから肩を貸すのは当然だけれど、フギンやムニンに言わせると他の怪我をした乗組員がイリスにそんなことをしようものならヴァルハラ号初の追放者が出るだろうということだった。

「いいや、べつに。積荷の確認は終わったのか?」

肩を貸すのはべつにかまわないけれど――だからといって他の乗組員に貸すこともないけれど――こうしてみんなのいる甲板上で話す時でも顔を覗き込んでくるハルの顔がやたらと近いのは困りものだ。

顎を押さえてぐぐと押し離すと、ハルは愉快そうに笑っている。

こうして声をあげて笑うだけでも以前は傷に響いていたのに、今はすっかりなんともないようで安心した。

ハルの顔が近いことそれ自体は嫌なわけじゃない。

イリスが過去のことを思い出してからというものハルのスキンシップはとどまることを知らないし、イリスもまるで幼少期に戻ったみたいで嬉しい。

とはいえ、もうお互い大人になったというのに一緒のベッドで眠ろうと言われたのにはびっくりしたけれど。

それに、狭いベッドに身を寄せながら何度も口づけをされていると変な気持ちが突き上げてきてしまって、困る。じっとしていられなくて、怖くもないのに胸が熱くなってきて、もっとたくさん口付けたくなって、ハルの腕に抱きしめられたくて、体をすり寄せたくなる。

胸がドキドキしすぎて苦しいし、下肢の熱もどうしていいかわからないしもう嫌だと言うのにハルは止めてくれないし。

それでも毎晩一緒に眠ってしまうんだから自分でも自分がわからない。

「ドクター、キャプテンに肩貸すことなんてないですよ！」

　肩に回した手で髪先を撫でられてくすぐったさに首を竦めていると、釣りの当たり待ちをしている乗組員に指をさされた。

「えっ？」

「キャプテンすっかり怪我治ってるんですから！」

「こないだマスト登ってましたしね！」

　複数の乗組員から口々に暴露の声を受けると、肩の上の腕が強張り、ゆっくりと離れていく。イリスがゆっくり隣の顔を振り返ると、ハルはすっと顔を逸らした。

　じっとしていろと言ったのに安静にしていなかったことを怒るべきか、怪我が快方に向かっているのにイリスに隠していたことを拗ねるべきか考えている間に、なんだかおかしくなってきてしまった。

　我慢できずに小さく噴き出すと、わざとらしくそっぽを向いていたハルがこちらを窺う。

「まあべつに、今更って気もするけど。最近は傷が痛くて目を覚ましてる気配もなかったし」

　最初のうちは寝返りをうつのも痛くてよく眠れないハルの隣で、イリスも休んだ気がしない日々が続いていた。それでもお互いやっぱり別々に寝ようとは言い出さないまま、最近じゃイリスはすっかりハルの抱き枕だ。

　あんなに強くイリスを抱きしめても痛くないのだから、もう相当良くなっているんだろう。

　それがわかっていておとなしく肩を貸していたのだから、誰に揶揄されても文句は言えない。

「みんな、キリのいいところで釣るのはやめて下ごしらえも頼んだよ。今日はサルマガンディーにしようか」

　きっとこの量のニシンを見たら料理長もそう言う

だろう。

イリスが釣りを楽しんでいる乗組員に声をかけて再び積荷確認に戻ろうとした時、ふと懐かしい香りが鼻先を過ぎった。

「?」

「どうした、イリス」

水揚げされた新鮮な魚の香り、吹き抜けていく潮風。鮮度が落ちる前に内蔵を取り除けという釣り人の楽しそうな声。

港で海から戻ってきた漁師の思い出かと思っていたけれど、それとも少し違う。

甲板を振り返ったイリスを怪訝そうに覗き込んだハルに、視線を移す。

「——ハル、僕の父さんって……何を獲《と》ってたかわかる?」

もし両親が凄惨《せいさん》な亡くなり方をしていないとしても、幼少期の記憶なんてあてにならない。魚は魚でも、なんの魚かなんて自分でも覚えているなんて思えないけれど。

「いや、知らないけど……なんか思い出したのか?」

「多分、多分だけど……ニシンを獲ってたんじゃないかなって、思うんだ」

もちろん釣り糸でのんびり捕獲するような方法ではなく、網を引く漁業だった。はっきりとした明確な思い出はないけれど、きっとイリスは船に一度ならず乗せてもらったこともあるのだろう。そんな気がする。

こんなことを思い出すまでは、船上での楽しい思い出は幼少期にハルと過ごしたわずかな期間だけだと思っていたけれど、両親と過ごした楽しい時もあったのかもしれないと思うと、潮風に対する懐かしさが不自然じゃなく思える。

「ハル？」

父親がニシンを獲っていたという——イリスにとっては大事な思い出だけど、とはいえ他人にとっては他愛のない話でしかないはずなのに急に難しい顔を浮かべたハルを見上げる。

アイパッチの下を親指で撫でるようにして押し黙ったハルは、何か考え事をしているようだ。

もう一度名前を呼ぼうとした時、急にハルが口を開いた。

「ニシンの群れを追ってビフレストに行き、そこで宝島を見つけた——そういうことか」

「え？　でもそんな島はなかったって、リュカが……」

リュカのことは、正直思い出したくもないし名前を口に乗せることも本当は嫌だ。嫌な気持ちにもさせられたという以上に、ハルを失うかもしれないという恐怖をまた思い出してしまうから。

うっかりリュカの名前を口にしたイリスがその嫌悪感で口を噤んだのを知って、ハルが頭をぽんと撫でる。

「ビフレストでニシン漁ができるのはいつだ」

イリスの髪に掌を置いたまま元漁師の乗組員を向いたハルの表情は凛として、キャプテンとしてのそれだ。

「えーっと今ここにいる群れが、冷たい海流に乗って移動してくんで……それを追ってきゃ、もうじきですかね」

「よし、もう一度ビフレストに行くか」

「えっ？」

思わず声をあげて、イリスは目を瞬かせた。

父がイリスの体に残した宝の地図を疑うつもりはないし、その宝をイリスと探したいというハルの気持ちも嬉しい。

だけど、ハルが療養している間海図を何度確認してもやっぱり父の地図通りの島などなかった。悔しいけれど、リュカの言った通りだ。

イリスが地図を浮かび上がらせるためにヴァルハラ号の乗組員にたくさん驚かせ怖がらせてもらった苦労を思い出すと、合わせて憂鬱《ゆううつ》になる。

「俺が諦めたと思ってたのか？」

不敵な笑みを浮かべた隻眼の海賊が、イリスの肩を強く抱き寄せる。

「諦めたとは思ってなかったけど……」

ハルが大事なことを有耶無耶《うやむや》にするような人間だとも思ってない。

——だけど。

「面舵いっぱい！　進路は北北東、全速前進！　目的地はビフレストだ、急げ！　彎月《わんげつ》に間に合うようにな！」

何か手応えを感じて甲板中に響き渡るような声を張り上げたハルの横顔を窺って、イリスは重く沈んでいく胸をそっと押さえた。

◆　◆　◆

群青色の空に半分に割れた月が浮かぶ。

干潮の時間を迎えたビフレスト諸島の海面水位はみるみる下がり、船底が岩に当たってしまうのではと乗組員が心配を始めた頃——それは現れた。

六つほどの島が小さなボートで行き来できるほど連なって点在しているビフレスト諸島の、南東にその島は忽然《こつぜん》と姿を現した。

たしかに他の島に比べると背は低いが、一年のほとんどの時間を水中で息を潜めているその島は月の光を浴びてキラキラと輝いて見えた。

「マジか……」

甲板に出てきた乗組員の誰ともなく感嘆の声を漏らす。それが自分の唇から自然に漏れたものだったとしてもおかしくないと思えるくらい、みんながあっけにとられた。

「リュカが見つけられなくて当然だ。この島はこの時期の、数時間しか姿を見せない島なんだろう」

万感の思いをこめてつぶやいたハルの手に握られた海図にもその島は載っていない。

偶然のタイミングが重ならなければ見つけることのできない島、というわけだ。

十数年前に自分の父もこの景色を見つめて驚愕したんだろうと思うと、イリスも胸に詰まった。

「キャプテン、ボートの用意ができました」

駆けつけたムニンに肯くと、ハルがイリスを振り返って恭しく手を差し出す。

島にはハルとイリス、それからムニンをはじめとした数人の乗組員で先に調査だけをすると事前に決めてあった。とはいえ本当に島が現れるなんてみんな半信半疑だったし――言い出したハルにだって確信はなかっただろう――なにより月の下に姿を見せた島があまりに美しくて、船に残ることが決定していた乗組員が悔しそうな顔浮かべた。

小さな島だが全員が上陸しても問題はないかもしれない。だけど何があるかはわからない。万が一の事態に備えてヴァルハラ号に残るフギンの手も借りながら、イリスは小さなボートに乗り移った。

「あれは木なのか？　海藻か？」

「サンゴ礁かもしれません」

ヴァルハラ号の中でも腕自慢の乗組員のオールに揺られながら、みるみる島が近付いてくる。

島を覆う、濡れた葉を煌めかせる鬱蒼《うっそう》とした森は、確かに陸の木々とは違う。つい数時間前まではその葉の間で魚たちが戯れていたのかと思うと、不思議なものだ。

「キャプテン、私たちは島の外周を確認します。何か発見次第、警笛でお知らせを。危険がないと判断したら二陣をよこします」

船を着けたというよりは、浅瀬に乗り上げたという形で上陸したボートから最初にムニンが降りる。とは言え半分ぬかるみのような場所で、その後オールを握っていた男がボートをさらに引き上げるとようやくハルが濡れた草――海藻というか、苔《こけ》のような地面に降り立った。

「イリス、足元滑るから気をつけろよ」

大きな掌を差し出されて、その手に素直に摑まる。

海面から顔を出したばかりでいまだ濡れた苔の上を歩くのは確かに危なそうだ。手分けして二人ずつの乗組員が島の左右から島の外周を巡ろうというのを見送り、ハルが大きく息を吸い込み島を仰ぐ。

島というよりは、大きな岩に海藻や苔がむしてできた要塞のようでもある。以前誰かが住んでいたという様子もない。だけどこれが普段は海に沈んでいたのかと思うと不思議に思えるほどの存在感がある。

「ここに、宝が――……隠されてるのかな、本当に」

繋いだ指先にわずかに力をこめてつぶやくと、ハルが吐息で笑ったようだった。

「どうかな」

ハルは、この状況に夢中になっているようだった。

リュカの辿り着けなかった宝島、海図にも記されていない無人の島。あるいは財宝が隠されているのかもしれない——そういう状況は、海賊ならば心躍るものなのかもしれない。

だけど、イリスは海賊じゃない。

楽しい気持ちには、とてもじゃないけれどなれない。

「お、魚だ。潮が引いたことにまだ気付いてないのか」

外周のどちらにでもなく、島の中央に向かって足を踏み出そうとしたハルが少年のように声をあげる。

確かに、ハルの濡れたブーツの足元にはまだ幼い魚が跳ねていた。身を横たえた苔は充分に湿っていて、そのままでもすぐに干上がってしまうということはなさそうだけれど急に身動きが取れなくなったことに驚いているだろう。

ハルが繋いでいた手をほどいて、魚を丁寧に掬《すく》い上げると背後の海に放り投げた。

弧を描いた銀色の稚魚が海面に落ちて、飛沫をあげる。

海で生きるものは、陸に上がれば生きていけない。海で自由に泳ぎ回ることを知ってしまったら、陸ではさぞや生き難いんだろう。

海賊も同じだ。

イリスはハルの放った魚の行く先を追うように海を見つめた。

海は広い。もう魚がどこに泳いでいってしまったかなんてわからない。さっき降りたばかりのヴァルハラ号は遠くに見えるけれど、その甲板に立っている人影が誰かももうイリスにはわからない。

この島を出たら、イリスは生まれ育った港町に帰されるんだろうか。

月明かりに照らされたヴァルハラ号を眺めて、イリスはこみ上げてくる気持ちをぐっと飲み込んだ。

「イリス」

その時、先を進んでいたハルから呼びかけられてイリスは再び島を振り返った。

ハルが、鮮やかな緑色の海藻を掻き分けてこちらを手招いている。

その先には、洞窟《どうくつ》の入口があった。

「う、わ……」

入り口をくぐった瞬間思わずそう漏らしたきり、他に言葉が出てこない。

意外なくらい開放的で清らかな空気の流れる洞窟の中は広く、――なによりも壁から足元、四方がエメラルドグリーンに発光していた。

口をぽかんと開けたまま、身動きも取れない。ほのかに明るい洞窟内はひどく幻想的で、まるで夢の中にでもいるみたいだ。実際、足元も雫をまとった光に包まれているおかげでまるで自分が宙に浮いているような感じさえある。

「ヒカリゴケか……見事だな」

立ち尽くしたイリスを横目に見てハルが笑う。

「ヒカリゴケ？　海藻とか？」

「いや？　苔だろう。こんなに密集して群生しているのは初めて見るな」

海では普通に拝めるものなのかと思っていたけれど、そうでもないらしい。ハルも興味深そうに壁に触れてみてはあたりを見回している。

――もしかしたら、宝を探しているのかもしれないけれど。

確かにこの洞窟ならば海に沈んでいてもある程度財宝を守れるかもしれない。もし自分が宝を隠すとしたら、普段は海水に覆われたこの島の、さらに目立たない洞窟に隠すだろう。

「――……」

こんなにきれいな自然の奇跡を目の当たりにしても、ハルは金の光のほうが気になるのだろうか。

ハルが宝を探すことそれ自体が嫌だなんて思わない。ヴァルハラ号は私掠を行わないせいであまり財政的に豊かとはいえないし、イリスも大好きな乗組員たちの生活のためだと思えば。それに、この島にいられる時間だって限られている。潮が満ちてくればまた海に閉ざされてしまうのだから。

暢気に絶景を楽しんでいる場合じゃないのはわかっているつもりだけど。

「ああ、ここか」

「！」

ハルの声にイリスはビクリと背筋を震わせた。

ついにハルが宝を見つけてしまったのかと。

「イリス、ほらこっち。ここからちょうど月の光が差し込んでるんだ」

しかし暢気に手招きをしたハルは、洞窟の奥にある天井の穴を探していたらしい。

言われてみればハルの立っている場所には真上から光の筋が伸びていて、そちらに行くほどエメラルドグリーンの色が濃くなる。

「ヒカリゴケは自身が発光するわけじゃなくて、外部からの光を反射しているだけらしい。だから、光源がどこかにあるだろうと思ってな？」

足を滑らせないように慎重に歩み寄ったイリスが近くまで来ると、ハルが両腕を広げて迎えてくれた。

なにやら嬉しそうに顔を綻ばせるハルの表情が気に喰わなくて大袈裟に呆れたふりをしながらも、イリスはその腕の中に収まった。

ハルが支えてくれているからと安心して頭上を仰

ぐと、半欠けの月がちょうど真上に来ていた。

エメラルドグリーンの額縁に切り取られたような その明るい月はため息が出るほど美しくて、いつまででもここで見上げていたいと思えるほどだ。

今日ここで見た月は、間違いなくイリスの心に一生刻まれるだろう。背中を抱きしめてくれたハルのあたたかい腕と一緒に。

「こんなにきれいな月を見たのは生まれて初めてだ」

おそらく無意識にイリスの髪を指先で弄びながら、ハルも感嘆の声を漏らす。

いつまでだってこうしていられるような気さえするけれど、そういうわけにもいかない。時が来るまで月を仰いでいることはできても、満潮になれば溺れてしまうし、海水がやってこなくても月は沈む。

いつまでもこうしていることはできない。


イリスとハルも。

見上げた月が涙で滲みそうになってイリスは慌てて顔を伏せた。

「……っ」

ハルの胸についた手を握りしめる。本当はそのまぐっと押し離してしまいたかったけれど、とても無理だった。あとどれくらい、この腕の中にいられるかもわからないのに。

「サミュエルはこれを残してくれたのかもしれないな」

不意に頭上のハルがつぶやいて、イリスはびくりと肩を震わせた。

「——……これが、宝？」

確かに宝と呼ぶのに充分な景色ではある。

月の光を反射したエメラルドグリーンはまさに宝石のようだし、それがこの限られた時でだけ見られるというのはより希少感がある。

　お金にはならなくても、宝であることは間違いない。

　だとしたら、もう宝は見つかってしまったのだろうか。

　全身の力が抜けて、膝から崩れ落ちそうになるのを必死で堪える。ああついに見つかってしまったのかと思うと、絶望したような気持ちになった。

　これがもしかしたら父の残した宝ではなかったとして、それでもハルがそうだと思ってしまったらこの旅は終わってしまう。

　イリスにとってこの景色が宝足り得るのは、ハルと一緒だからだ。

　ハルと一緒じゃなければこの宝を手にすることはできなかっただろう。

　ハル以外の海賊にさらわれていたって、リュカがそうだったようにこの島には辿り着けなかっただろうし——何より、ハルと一緒に見ているからこの景色はこんなにも美しい。

「イリス」

　知らず息を詰めて顔を伏せたイリスの頬を、ハルの掌が撫でた。

　仰ぐように促されてイリスは一度喉を鳴らすと、唇を固く結んでおそるおそる視線を上げた。みっともない真似はしたくない。すがるような真似だけは。イリスは海賊が嫌いだ。嫌いなはずだと心の中で何度も唱える。

　見上げたハルの左目は、まるで月の光を写し取ったかのように金色に輝いてイリスを見つめていた。

「海賊には、掟がある。船上での私闘を禁じるだとか、賭《か》け事の禁止、それから財宝を見つけた場合の分け前——」

ハルはまさか、この美しい景色という宝の分配について頭を悩ませでもしているのだろうか。

だとしたら簡単なことだ。海水がこの洞窟に忍び込んでくるよりも早くヴァルハラ号の乗組員を全員この洞窟に呼び寄せればいい。きっとみんな喜んでくれるだろう。そう思うと、少し楽しい気持ちになった。

海賊なんて嫌いだと何度自分に言い聞かせたって、もう無駄だ。

イリスはヴァルハラ号のことが大好きになってしまったんだから。

「……それから、船に女を乗せてはいけないというものだ」

「！」

楽しい想像に思わず頬が緩みそうになったイリスは、続いたハルの引き絞るような声に目を瞠った。

考えるより先に、どっと心臓が跳ねる。

「だから海賊は、惚れ抜いた女がいて、そいつと添い遂げることを誓ったとしても――彼女を陸に残してくる」

ハルはイリスをまっすぐ見つめている。切なげで苦しげで、見ているこちらが抉られるような眼差しで。

イリスはそれを見つめ返していられなくて、湿った足元に視線を伏せた。

踏みしめたエメラルド色の床からはじわりと海水が滲んでいる。まるで、イリスの心に染みる涙のようだ。

ハルは、イリスへの別れを切り出そうとしているのだろう。

イリスは女性ではないけれど、海賊でもない。ここで旅が終わることだって、ハルが再びビフレストに進路を取った時からわかっていた。この時のために心の準備はしてきたつもりだ。

もしハルが言い出さなくても、この島を出てヴァルハラ号に戻ったら自分から言い出すつもりだった。言い出せるかどうかはわからないけれど、言わなくてはいけないと思っていた。本当だ。

だけど、いざハルの口からお前は陸に戻れと言われると胸が引き裂かれるようだ。

「お前は陸に戻りたいか？」

顔を伏せたイリスの頰に宛てがわれたハルの掌がそっと肌を滑る。イリスの形を確かめるように這わされた指先に撫でられると、自分でも止められない衝動で唇が震えた。

こみ上げてくる熱さを、抑えきれない。

唇は震え、鼻がツンとしてまつ毛が重くなる。ハルの胸へためらいがちに乗せたままの手も小刻みに震えて、握りしめて隠そうとしても止まらない。

そのうちに足元へ大粒の涙が音をたてて零れ落ちて、エメラルドグリーンの光を揺らした。

「――……っいやだ」

ずっとお世話になった教会に、港町の友達に未練がないわけじゃない。診療所のおじいちゃん先生から学びたいことだってまだまだたくさんある。

だけど、この先ずっとハルと離れていることなんて耐えられない。

海上は危険なことばかりだ。またいつ奴隷船と刃を交えるかわからないし海軍から追われることだってあるかもしれない。リュカのような海賊が他にいるのかもわからないし、誰に傷つけられることがなくても嵐で転覆するかも、岩場で座礁する可能性だってある。

ハルがそんな目に遭っていないか、知る術のない陸で待ち続けることなんてイリスには無理だ。

それなら、どんなにおそろしい目に遭ったって一緒にいたほうがいい。

「僕、……っ僕、足手まといに、ならない……ように、する、から……っ」

海賊になりたい。

自分がそんなふうに思う日が来るなんて。

子供のように泣きじゃくっていることが恥ずかしくて大きくしゃくりあげても、嗚咽になるばかりで涙がとても止まらない。ハルがどうしてもイリスを陸に置いていくと言うなら、この島に置き去りにしてくれればいい。イリスを見殺しにすることなんてハルにはとてもできないだろうから、脅しにしかならないだろうけれど。

「足手まとい？　なんのことだ。……ほら泣くな、イリス。可愛い顔が台無しだぞ」

両目からとめどなく溢れてくる涙をいささか乱暴に拭ったハルの手が、イリスの顔を掬い上げる。イリスが嫌がって顔を逸らそうとすると否応なしに顔を覗き込まれて、鼻先に唇が落ちてきた。

まるで子供をあやすようなハルの言葉もキスも、イリスなんてただの弟のようにしか思っていないようで余計に悲しくなってくる。

「だ、……って僕は、海賊じゃない、し……戦えないし……漁師の経験もないし、ドクターなんて呼ばれるほど、知識もないし……」

「何を言ってる。俺の命を救ってくれたのはお前だ。あんな状況で、血まみれの俺を救ってくれただろう。お前にはお前の戦い方がある」

顔を仰向《あおむ》かされてもイリスの涙は止まるどころか次々に溢れてくるばかりで、ハルが困ったように笑いながらそれでも飽かず掌で優しく拭ってくれる。

あの時はハルが死んでしまうかもしれないと思ったら、血が怖いだなんて思っている余裕もなかった。何よりもハルのぬくもりが失われていくことがおそろしかった。

それをイリスの戦い方だとハルが言ってくれるなら、そうなのかもしれない。

「もう泣くな、イリス。……もしお前が帰りたいと言ったら、今度はお前をどうやってさらってやろうかって、この島に着くまでそればかりずっと考えてたよ」

イリスは涙で重くなったまつ毛を震わせて、苦笑を浮かべたハルの顔を見つめた。

月の光が頭上から差してきて、ハルの赤い髪を照らす。イリスがそれに見惚れていると、ハルの唇が頬にすり寄ってきた。首を伸ばして片目を細めると、涙の粒が零れ落ちる。

ビフレストに到着するまでイリスが不安に思っていたように、ハルも悩んでくれていたのだろうか。

「ハル……」

胸についていた手を、おずおずと背中に回す。

イリスの腕が回りやすいように体をすり寄せたハルが、身を屈めて額を合わせてはにかむように笑った。

「忘れたのか？　俺は海賊だぞ。キャプテン・ハルは、この島に宝を探しに来たんだ」

額を重ねたままハルの瞳を覗き込んでいると、イリスがきょとんとしている間に口先を短く吸い上げられる。反射的にイリスが顎先を上げると今度はハルの両手が腰に回ってきて、強く抱き寄せられた。

「俺のものになれ、イリス。——俺にとっての宝は、お前だ」

吐息がかかるほどの距離に寄せられた唇が、有無を言わさない強さとすべてを包み込むような優しさを帯びてイリスの心を奪っていく。

堪えきれなくなって、イリスは背伸びをすると自分からハルの唇に吸い付いた。

「うん……！」

◆ ◆ ◆

波の音が遠く聞こえる。

凪いだ海に映る月の姿を切り裂いて、ヴァルハラ号は航路を進む。

潮風を以前のように嫌だと思うこともなくなったけれど、窓をしっかりと締め切ったハルの部屋には熱がこもっているように感じた。


「っひ、ぅ……っ、ちょ……ハルっ、そんなとこ、っ」

イリスはあらわにした肌が汗ばんでいくのを感じながらベッドの縁を摑んで無意識に逃げを打った。

「あんまり大きな声をあげるな、見張りのクルーに聞こえるだろ？」

「……っ！」

イリスの足の間から顔を覗かせたハルの意地悪な注意に、あわてて両手で口を塞ぐ。

誰に悟られてもいたたまれないことに変わりないけれど、特に今日の見張りは噂話の好きな元商人だ。

昨晩キャプテンの部屋から艶《なま》めかしい声が――なんて吹聴《ふいちょう》されたらたまったものじゃない。それが根も葉もない噂話ならまだしも、何も間違っていない話なのだから、尚更。

「だ、だって――……ハルが、そ、……っそんなところ、さわったりするから、悪いんだろ」

　掌で塞いだ唇からは自分の呼吸が驚くほど荒くなっているのがわかる。

　体がひどく熱くて、じっとしていられない。なんだかハルの手がイリスの肌を撫でるたびもぞもぞとして変な声が漏れ出てしまう。

「なんだ、触ったらいけないのか？　俺は触りたいんだけどな。イリスの頭の天辺から足の先まで、触るだけじゃない、キスをして、舐めて、蕩けるまで何度だって味わいたい」

「——……っ」

　猫のような金色の目を光らせたハルは、そう言っているうちにもイリスの内腿へ唇を寄せて優しく吸い上げる。

　イリスは手を口にぎゅっと押し付けて、しゃくりあがる声を抑えた。


　満潮まで過ごしたビフレスト諸島を離れた、翌晩。

　今までと同じようにハルの部屋に戻って同じベッドに入ったまではいいものの、紐を解いた長い髪を撫でられて頬やこめかみにキスをされているうちにまたイリスの体が切なくなってきて、ハルの首筋に額をすり寄せた。

　ハルは一度は強く背中を抱きしめてくれたけれどすぐにその腕を緩めたかと思うと、イリスの顔を覗き込んで唇を合わせて——それからどうしてこうなったのかは、よくわからない。

　いつもより執拗《しつよう》に舌を絡ませて、ハルの唾液を嚥《えん》下《げ》することに夢中になっているうちにいつの間にかイリスは衣服を脱がされて、肌の上を直接撫でられていた。

　だけど心の中ではどこか、いつかはこうなるような気もしていた。

初めて唇を合わせて一緒に眠るようになってから、ハルではなくイリス自身がこうなることを望んでいたのかもしれない。頭ではなく、心で。あるいは、体で。

どんなに唇を合わせたってどこか物足りなくて、体をすり寄せてハルの背中を強く抱きしめて、ハルの体にしみついた潮の香りとコロンの香りを胸いっぱい吸い込んでもまだ満たされない。どうしたらもっとそばにいることができるのか、ハルと一つになりたい——と、そう感じていた。

だけど漠然と感じていたことと実際とではわけが違う。

「はっ……ハル、あの、……っ待って、あの——……こういうの、って……みんなすることなの？」

掌の下からくぐもった声でイリスが尋ねると、言葉通りイリスの足先まで唇を滑らせようとしていたハルの左目が瞬いた。

足首を摑まれて高く抱え上げられた格好はあまりに無防備で、口を押さえていなければ声が漏れてしまいそうだけれど下肢を隠すシーツも手繰り寄せたい。それでなくても、上体を覆っていたシャツを脱いだハルの体はたくましくて、貧弱な自分が情けなくなるくらいだ。

「こういうの？　セックスのことか？　それとも、俺がイリスをまるごと喰っちまおうとしていること？」

膝に押し付けられた唇が笑うと、ぶるっとわななきが背中を走ってイリスは歯嚙みした。

自分は今、ハルにまるごと喰われようとしているのか。

服を剝ぎ取られ、足を摑んで開かされ、やわな素肌に口をつけられている。無防備すぎるほど無防備で逃げ場もないのに、不思議とイリスに怖い気持ちはなかった。

胸は割れそうなくらいドキドキしていて弾んだ息も苦しいけれど、それ以上に恥ずかしいし、どう振る舞えばいいかがわからない。

どうしたらハルの気に入って、ハルに満足してもらえるだろうかもわからない。

これが性行為なんだろうということは薄々感じていた。だとしたら、ハルにも幸せな気持ちになってもらえなかったら困る。

シスターたち曰く、性行為は種を残すための神聖な行為であり夫婦の間で秘めやかに営まれ、むやみに行うものではないと言っていたけれど。でも開放的な海の人間にとってはそうじゃないことも知っていたし、何よりハルとイリスでは種が残せないこともわかっている。

それでもハルがイリスを選んでくれるなら、ハルにとって心地のいい行為にしたい。

嫌われたくないし、もしできることならもっと欲しい、と思われたい。ハルに望まれたい。

「え、えっと……僕よくわからないんだけど、その……いろんなところを触ったり、キスしたり……だから、あの」

「さあ？　俺がしたいからしてるだけ。イリスが嫌ならやめるけど」

「っ、嫌とかじゃなくて……！」

ハルの唇が離れそうになると、あわててイリスは手を伸ばしていた。

だからといってハルに手が届くわけでもないし、ハルの頭を押さえつけて自分の肌に埋もれさせるような真似ができるわけじゃない。それでもハルは目を細めて笑うと宙に浮いたイリスの手を握り返してくれた。

「嫌じゃないなら？」

指を絡め、ハルが上体を寄せてくる。

足に口付けられているのはくすぐったいようなゾクゾクするような変な感じだったけれど、やめられてしまうとなんだか寂しい。

イリスの足の間を這い上がってきたハルの首にもう一方の腕を伸ばして迎え入れると、イリスは唇をへの字に曲げた。

「ん？　ほら、イリス。黙っていたらわからない。嫌じゃないなら、なんだ？」

顔を寄せ、高く筋の通った鼻先で頬を撫でられると焦らされているように感じてイリスは眉を顰めた。唇を開いてハルの鼻先を追い、嚙み付いてやろうとするとすいと逃げられてしまう。首に回した腕でハルが少しもイリスから離れられないようにぎゅっと抱き寄せると、笑いながらハルがようやく口付けてくれた。

「んぅ、……っふ、んぁ、ん――……」

上顎をなぞった舌に歯列の付け根を舐られると、自然と鼻が鳴ってしまう。ぴたりと塞ぐように吸い合わせた唇からは声が漏れないけれど、代わりに身動いだベッドが軋んだ。

「んん、……っハル、ハル……っん……ぁ、は」

口内のハルを求めて舌を伸ばすと、先端が出会った瞬間にもつれあい、舌の表面も裏側も、もうどちらがどちらのものかわからなくなるくらい擦れ合う。

唇いっぱいにたまった唾液を嚥下してイリスが首を反らした時、不意にハルの手が下肢に触れた。

「んぁ、っ――……っんゃ、ぁ、ハル、ん……っふ、っ」

既に熱くなったものをやんわりと撫でられると、

それだけでイリスは羞恥で全身が赤くなるようだ。好きな人に触れていたらそれがそうなることは知っていたし、どうするものなのかも知っている。

　だけど自慰も躊躇していたイリスにとって、ハルの指先が滑るだけでもまるで全身が痺《しび》れるような刺激が走って、ベッドの上の体をのたうたせた。

「んゃ、ぁ、っだめ、ハル……っぁあ、っ僕、あっ、そこ……っ！」

　あまりにイリスが身動ぐものだから離れてしまった唇から唾液が垂れ、ハルのベッドを濡らす。それでもハルは気にした様子もなく濡れた唇をそのままイリスの耳に寄せた。

「だめ？　俺はお前に触れたい。イリス。俺はお前の体中のどこもすべて俺のものにして、俺のこと以外考えられないようにしてやりたいんだ。俺はもう子供じゃない。二度とお前を手放さない。イリス、お前と一つになりたい」

　耳に直接注ぎ込まれるような掠れた声と、荒々しく弾む甘い吐息。

　熱くなった耳朶《じだ》を濡れた舌で舐められながら切なく囁かれると、体も心も、震えて仕方がない。

　優しく撫で上げるハルの指先から逃げ惑うように揺れる腰が、自分からすり寄っているのか何なのかもわからない。

　夜毎キスをして一緒に寝ていたって、自分たちがもう昔のような子供じゃないことはわかっていたのに、気付かないふりをしていた。銃創《じゅうそう》が治った後、ハルが堪えていたことも。

だけど考えていることは、イリスも一緒だ。

ハルと一つになりたい。もうずっと離れられないように、溶け合ってしまいたい。

「っふ、ぅ……っ、ん……っ、うん、……っ！　ぼく、僕も……っ」

上ずりそうな声をしゃくりあげ、首筋に唇を埋めるハルを振り仰ぐ。ハルも顔を上げて、イリスを切なげに見下ろした。

握った手を解いて両腕でしっかりハルの首にしがみつくと、イリスはまだ少しあどけない面影を残した顔に小さく口付けた。

「僕も、ハルと一つになりたい。ハルにたくさん僕のことを考えて欲しい。……ずっと、離れたくない」

自分の気持ちを確認するように、ハルにまっすぐ届くように。

重ねた肌からもイリスの気持ちが染み込んでいけばいいと願いながら丁寧に告げると、ハルはまるで今更初めて知ったかのように一瞬目を瞠って——それから、泣きそうな顔で笑った。

「馬鹿だな。俺はとっくに、お前のことしか考えてない」

掌で頬を包まれて、イリスは自然と瞼を閉じた。まだハルの顔を見つめていたかったけれど、すぐに柔らかな唇が落ちてくるとそれだけでハルの表情も心も、切なさもすべて流れ込んでくるようだ。

何度も唇を重ねなおして、吐息を混ぜて、舌を絡め合う。

どうしてハルに出会うまで一人で過ごすことができていたのかもうわからなくなるくらい、イリスにはハルが必要だ。植物に太陽が、人に空気が、魚に水が必要なのと同じように。

「ぁ、……っあ——……ハル、っ……ハル、っ」

下肢の屹立《きつりつ》に触れていたハルの指先が双丘に下降すると、イリスはしがみつく腕をぎゅっと強くしてわずかに身を強張らせた。

ハルの体も熱くなっているのを感じる。これから、一つになるのだと否が応にも覚悟させられた。

「大丈夫か？　ゆっくりでもいいんだぞ。……これから俺たちには、たくさん時間があるんだから」

　イリスの体が緊張したことを察したハルが耳元で苦笑する。イリスはゆるゆると首を振って、ハルの体に足をすり寄せた。

　もしかしたらひどく苦しいことなのかもしれないし、痛みを伴うのかもしれない。イリスにはとても想像できないけれど、それでも。

「やだ。……っもう、我慢できないんだ。ハルを、僕にちょうだい」

　燃えるような赤い髪に指を滑り込ませ、首筋に噛み付くようにして訴えるとイリスの腰で熱いものがぴくりと震えた。それがハルの答えなのだとわかると、嬉しくなる。

「……俺は無傷でお前を帰すって約束したんだけどな。俺が傷物にしてちゃ、世話ないな」

　小さく息を吐きだしたハルが上体を起こし、イリスの顔を窺って額にかかった前髪を撫で上げる。

　おどけた口調も、汗ばんだ肌を合わせていては優しくていやらしくて、くすぐったい。イリスは視線を合わせたまま首を竦めて、笑った。

「僕を帰す気もないくせに」

「まあな」

　短く笑って返したハルがイリスの腰を抱え上げ、自身を突きつける。

　知らず息を詰めようとしたイリスの額に唇が落ちてきて、顎をあげようとした瞬間――熱が、入ってきた。

「――……ぁあ、……っんぅ、あ……！」

　思わず甲高い声が漏れると、イリスはあわてて口を塞いだ。

体が押し開かれ、自分以外の熱が分け入ってくる。痛みとも痺れともつかない、大きなうねりが下肢から背筋を駆け上がってイリスの頭を真っ白にしていく。

ハルが息衝《いきづ》いているのがわかる。イリスの中で。

「イリス……っ、イリス、愛してる。お前は俺の、大事な宝だ」

手の甲で塞いだ口を丸く開いたまま仰け反って短い痙攣を繰り返すしかないイリスの耳元で、ハルの声も苦しそうだ。だけど今はまだどうしてあげることもできない。

体の内側がひとりでにひくひくと収縮を繰り返して、飲み込んだハルの形を確かめようとしている。そうしているうちに、再びハルが腰を進めた。

「んぅう……っ！　ぁ、んん……っん——……、っ！」

ずるり、と狭い中をさらにハルがねじ込まれると、イリスは目を瞠って全身を硬直させた。

ハルに下肢を抱え上げられ、窮屈な体勢になった胸の上に、熱いものが流れ落ちてくる。それが自分の吐き出した蜜《みつ》だということにこの時はまだ気付く余裕すらなかった。

息をしゃくりあげ、体の内側から湧き上がってくるわななきを堪えることもできなくて、ハルの背中に爪を立ててしがみつく。

「イリス、……っイリス——……っ」

余裕をなくしたハルがベッドを軋ませながら深い場所でゆっくりと抽挿を始めると、イリスは新たに湧き上がってくる感覚に震え上がって押さえた手の下から短い声をあげた。

自分でも、どうしてこんな声が出るのかわからない。妙に甘えた、猫のような高い声を堪えることができない。他の乗組員に勘付かれてしまうかもしれないのに、抑えようとしても鼻が鳴って、余計にいやらしく聞こえるような気がする。

どうしようと相談したくてもハルの腰は止まらなくて、考えることもできない。

「んっ、ぁ……っんぅ、っは、っる……っんゃ、っ！　ぁ、あっ……っ、待っ……ひぅ、っんん……！　ゃ、あ、っだめ、ぁ、っ……」

イリスが声をあげるたびにハルのものが強くなっていくようで、抽挿の速度も増していく。

最初は押し広げられていたように感じていた下肢が熱で蕩けるように慣れてくると、イリスの頭も次第に朦朧としてきた。

室内に粘ついた水音と荒い息遣いがこもっていく。何度も耳元でハルに囁かれて、そのたびにイリスの快感が深くなっていくようだ。際限がなくて、おそろしくなるくらい。

体も胸もいっぱいになって、破裂してしまいそうだ。

ハルに傷物にされるだなんて怖くはなかったけれど、このままじゃ死んでしまう。呼吸もままならないし、心臓は痛いくらい強く激しく打っている。体も熱くて、痙攣が止まらないのに蕩けてしまいそうだ。

頭の中はみだらなことでいっぱいになって、ハルが触れるたびに蜜が溢れてきてしまう。

ハルにもっと触って、キスをして、その熱いものでたくさん突き上げてほしいのに、だけどもう苦しくて苦しくて、仕方がない。勝手に涙が溢れてきて泣きじゃくるように声をあげた。

「ハル……っ！　ハル、もう、僕、……っもう——……！」

「ああ、……っ俺ももう、出すよ。イリス、俺の手を掴んで」

言われるがまま、ハルの手を握って何度も肯く。

こみ上げてくる衝動が抑えきれなくて、自分が自分ではなくなってしまうようなおそろしさがあるけれど、ハルの手を掴んでいれば大丈夫だ。

涙で霞んだ目を薄く開いてハルの顔を仰ぐと、ハルも目を細めてイリスを見つめていた。

「ぁ、……あ、っ——……あ——……っ！」

ハルへの愛《いと》しさを募らせたその瞬間、下肢がどっと熱く爆《は》ぜるような感覚に襲われて、イリスは甲高い嬌声《きょうせい》をあげながら大きく仰け反った。腰がうねり、体が何度も断続的に痙攣する。

ハルも絡めた指を強張らせながら、苦しげに息を詰めていた。

焼け付くような熱が、体の中で噴き上がっているのを感じる。それがハルのものなのだということがわかったのはそのずっと後で、明け方までに何度もそれを注ぎ込まれてからのことだったけれど。

◆　◆　◆

「イリス様、今日はもう四回目の欠伸《あくび》ですよ？」

フギンに指摘されて、イリスは無意識に零した欠伸を飲み込んだ。

とはいえたっぷり口を開けてしまった後で飲み込んでももう遅い。咳払いをしてごまかして、背筋を正すとイリスは改めて海図に視線を落とした。

「お疲れなのでしたら、少しお休みになってはいかがですか？」

「ううん、大丈夫。昼間しか勉強できないし……」

ひとまずイリスの無事を伝えるために港町まで戻る途中、イリスは海図の読み方の勉強を始めた。

操舵士はべつにいるし、イリスが海図を読めるようになる必要はないかもしれない。だけど自分たちが今海のどこにいて、世界中には他にどんな大陸があるのかを知っておくのは海賊にとって必要なことのように思えた。

ただでさえもイリスは力仕事が苦手で、簡単なロープワークなら覚えられてもセイルの扱いは難しい。荷物の上げ下げもできないし、カトラスを振り回すのも向いてない。

だったらせめて、できることは一通り学んでおきたい。

「日が暮れてからでもお勉強はできますよ。風を読むことも、重要なお仕事です」

イリスがあまりにも眠そうにしていたせいだろう、ムニンが横からお茶を差し出してくれた。

こうなるとどこからともなく他の乗組員もやってきてお茶会になってしまうから、ほとんど強制的な休憩の合図のようなものだ。

イリスは自分で勉強をしたいと言い出したのに結局フギンとムニンの手を煩わせているだけのような気がして、黙って首を竦めた。

「イリス、海図の読み方なら俺が操舵室で教えてやるのに」

今日真っ先にお茶会を嗅ぎつけてやってきたのは他でもない、ハルだった。

イリスがせっかくの勉強の時間に欠伸ばかり零してしまうのだって、ハルのせいだというのに。ハルは少しも眠そうじゃなく、溌剌《はつらつ》としている。

このところ毎晩、東の空が白むまでイリスを抱いて離さないくせに一体どうしてそんなに元気でいられるのかと憎まれ口を叩きたくなるくらいだ。

とはいえ、ハルが毎晩溺れるように求めてくるのはきっとイリスが故郷に戻るからなのだろうと思うとなんだか可愛らしくもなる。

イリスの無事と、これから海賊になるということをシスターや診療所に伝えに行ったほうがいいと言い出したのはハルの方なのに、心のどこかでもしイリスがヴァルハラ号に戻らないと言い出したらどうしようと不安に感じているんだろう。

イリスは船が着いたらハルを教会に連れて行くつもりだし、シスターにこそ言えなくても教会の神様の前では自分が生涯をともにすると決めた人だと紹介するつもりだ。

当然、船に戻らないなんて考えもよらないに決まっている。

だけど正直そこまで必要とされることが嬉しいようなくすぐったいような気もするし、早くハルをたっぷり安心させてあげたくて、毎晩だって応じてしまう。

それに、まるで自分を刻みつけるかのように毎晩激しく貫かれることが、最近はたまらなく感じているような気がする。

イリスが不安に感じているとしたらその点だ。

まさか自分がこんなにはしたない体になってしまって、シスターに久しぶりに再会した時にそれを勘付かれはしないだろうか。

船を降りて、その晩のうちに出港することはないから港町のどこかに宿を借りることになるだろう。そうなれば、いつもは船室で枕を噛むようにして行っている秘め事を少しは開放的な気持ちでできるのだろうか――などと考えてしまうくらいには、イリスはみだらになってしまった。

こんな自分の本性は、ハルにだって明かすことはできない。

「キャプテンはだめですよ、イリス様に甘いんですから」

「フギンだって十分優しいけどね」

もちろん、お茶を出して休憩を促してくれたムニンも。

イリスは大袈裟に睨み合ったフギンとハルの様子を笑いながらお茶を啜った。

「私たちは決して優しいのではありませんよ？　イリス様が優秀なので厳しくする必要がないだけです」

じゃれ合う兄弟のようにいがみ合ってみせるフギンとハルにもお茶を差し出したムニンが穏やかに微笑む。

どちらかというと、イリスが学ぶ必要性に迫られていないから厳しくされていないだけだろうという気はするけれど。そう言われて悪い気はしない。

気恥ずかしさに首を竦めたイリスはもう一度お茶を嚥下するとかねてより気になっていたことを思い出してフギンとムニンを見上げた。

「それより、もう『イリス様』はやめてよ。僕はもうお客さんじゃなくて、仲間になったんだしさ」

イリスが海賊になるという気持ちを固め、これからヴァルハラ号の一員になるとハルから発表があった時、大多数の乗組員から驚きの声があがった。

イリスが海賊になることへの驚きじゃない。何を今更改めて、という驚きのほうだ。

「ドクターはドクターだろ、何か変わるの？」

「ていうかドクター本当はいなくなる予定だったの？」

むしろそっちに驚いたという声がたくさんあがって、その晩の宴ではイリスはみんなの中心になってたくさん話を聞いた。

みんなイリスをとっくに仲間だと思っていたから、今更改めて家族という気はしないけれど――と言ってくれたのが何よりも嬉しかった。

もっとも、イリスを他の乗組員に取られたと言ってハルは不満そうだったけれど。

ただこれで名実ともにイリスはヴァルハラ号の海賊団の一味になったというわけだから、様をつけて呼ばれるのはおかしい。

もっとも、フギンとムニンがイリスをまだ仲間として認められないというのなら仕方がない。その時は認められるように頑張るだけだ。

「イリス様はイリス様です」

「様をつけずにお呼びするなんてことはできません」

顔色一つ変えず、当然のことだとでも言うように首を振った双子にイリスはぐっと唇を嚙んだ。

やっぱり、まだ認めてもらえないということなのだろうか。

そう覚悟を決めかけた時――ムニンが、ちらりとハルを窺った。気付くとハルも険しい表情を浮かべている。

船長が認めた仲間を区別しようとするならそれなりの理由が必要だとでも言い出しそうなハルに、フギンがにこりと微笑む。

「ええ。私たちのキャプテンの、奥方様を呼び捨てにするなんてとても」

「！」

お茶を噴き出しそうになってむせたのは、イリスが先かハルが先かわからない。

思わずお茶を零してしまったイリスを心配してフギンがハンカチを差し出してくれた。

「お、お、おくが、……っ何を」

海図が汚れてしまわないように、借りたハンカチで慌ただしくお茶を拭いながらイリスは焦ってまくし立てた。

海賊は妻を陸に残してくるというし、フギンとムニンだって家族と離れ離れになっているのに。

それになによりも――そんなことがバレているだなんて、しばらく船倉に引きこもって出てこれなくなるくらい衝撃的だ。

「もちろんイリス様は男性ですから、奥方様などと言っては失礼かもしれませんが――」

「気持ちを通わせあった者同士が夜毎甘い情事に耽《ふけ》っているのは、夫婦、と呼んで差し支えないのでは？」

視線を交わしあったフギンとムニンの微笑みが怖い。

勘付いているのが二人だけなのか、あるいはみんな知っているのか、尋ねることすら憚られてイリスは視線を泳がせた。

心臓が警鐘を鳴らし、冷や汗が噴き出してくる。

「イリス！　来い」

その時、慌ただしくお茶をテーブルに戻したハルがイリスに手を差し出す。操舵室に逃げるぞ、とその目が言っている。

今一緒に逃げ出せば自分がハルの「奥方」だと認めるようなものだ。だけど。

「……うん！」

イリスは差し出されたハルの手を、握り返した。呆れて笑っているフギンとムニンを後に残してお茶の席を逃げ出す。

大袈裟な逃避行をはじめたハルとイリスを何事かと他の乗組員も振り返った。イリスもなんだかおかしくなってきて、いつの間にか笑っていた。

ヴァルハラ号の行く先に、見慣れた港町が見えてくる。

高台に建てられた小さな教会から鳴り響いてくる鐘の音が、まるでイリスを祝福し迎え入れてくれるかのように聞こえた。

あとがき

こんにちは、茜花《さいか》ららと申します。このたびは拙著「眠れる地図は海賊の夢を見る」をお手にとっていただき、ありがとうございます！

初の海賊もの……！　右も左もわからず、実在した（とされている）海賊の逸話を読んでいるうちに時間が過ぎてゆく過ぎてゆく……キャラクターが決まったら今度は帆船の構造だ！　と、調べることが多かったわりには……活かしきれていないような……。

でも調べれば調べるほど海賊は萌え！　でした！　楽しかった～。海軍とか他の海賊とかリュカとかリュカとかもっと書きたかったです！　ハルの右目の話とか……！


海賊って海のヤクザみたいなものでしょ……と思っているのですが（歴史を紐解けばいろんな事情がありますが）だからこそ、海っぽさを出さなければ海賊ものにならない！と思い……思いはしたのですが……海っぽさとは……？

私も幼少期には日本海に船出して釣りとかしていたんですが、大航海時代のそれとは絶対にスケールとか違いますよね（笑）。

あとがき

今回はじめての二段組となってしまいましたが、いかがでしたでしょうか。ご満足いただける内容だったらうれしいなーと思います！

いつもお世話になっております担当O様、また抱かれたい船長ナンバーワン待ったなしのかっこよすぎるハルを描いてくださいました香咲先生、ありがとうございました！　キャララフと言いながら「これは完成原稿では……？」というレベルのラフを送ってくださり、おののきました……！　実際完成した表紙を拝見した日にはハルにオーバーコートを着せた私にMVP！　という気持ちでいっぱいでした……あとアイパッチ萌え……！

いつも適度なスルーと励ましをくれる友人、それから「海賊書きなよー」と言ってくれた友人Aさん！　ありがとうございますー！

そしてなによりも本書を手に取ってくださいました、今これを読んでいるあなたに最大の感謝と愛情をこめて！　ありがとうございます！

よろしければまた、次の本でお会いしましょう。

２０１６年　12月　茜花らら

この本を読んでの
ご意見・ご感想を
お寄せ下さい。

〒151-0051
東京都渋谷区千駄ヶ谷4-9-7
(株)幻冬舎コミックス　リンクス編集部
「茜花《さいか》らら先生」係／「香咲《こうさき》先生」係

リンクス ロマンス

眠れる地図は海賊の夢を見る

2016年12月31日　第1刷発行

著者……………茜花《さいか》らら
発行人…………石原正康
発行元…………株式会社　幻冬舎コミックス
〒151-0051　東京都渋谷区千駄ヶ谷4-9-7
TEL 03-5411-6431（編集）
発売元…………株式会社　幻冬舎
〒151-0051　東京都渋谷区千駄ヶ谷4-9-7
TEL 03-5411-6222 (営業)
振替00120-8-767643
印刷・製本所…株式会社　光邦
検印廃止

ISBN978-4-344-83872-7 C0293
Printed in Japan

幻冬舎コミックスホームページ　http://www.gentosha-comics.net